U0907996

苏轼

一蓑烟雨任平生

孟祥静——编

台海出版社

图书在版编目（CIP）数据

苏轼 ： 一蓑烟雨任平生 / 孟祥静编. — 北京 ： 台海出版社， 2022.1
ISBN 978-7-5168-3103-8

Ⅰ. ①苏… Ⅱ. ①孟… Ⅲ. ①宋诗－诗集②宋词－选集③苏轼（1036-1101）－生平事迹 Ⅳ. ① I222 ② K825.6

中国版本图书馆 CIP 数据核字 (2021) 第 168566 号

苏轼：一蓑烟雨任平生

编　　者：孟祥静

出 版 人：蔡　旭　　　封面设计：刘昌凤
责任编辑：王　萍

出版发行：台海出版社
地　　址：北京市东城区景山东街 20 号　　邮政编码：100009
电　　话：010-64041652（发行、邮购）
传　　真：010-84045799（总编室）
网　　址：www.taimeng.org.cn/thcbs/default.htm
E - mail：thcbs@126.com

经　　销：全国各地新华书店
印　　刷：三河市元兴印务有限公司
本书如有破损、缺页、装订错误，请与本社联系调换

开　　本：660 毫米 ×960 毫米　　1/16
字　　数：166 千字　　印　　张：14.25
版　　次：2022 年 1 月第 1 版　　印　　次：2022 年 1 月第 1 次印刷
书　　号：ISBN 978-7-5168-3103-8

定　　价：69.80 元

目录

苏轼生平与创作

生平：仕途潦倒，心态超然　003

创作：一代文豪，自成一家　012

苏轼诗

被酒独行，遍至子云、威、徽、先觉四黎之舍，三首（选二） 023
别海南黎民表 025
初到黄州 026
次韵荆公四绝·其三 027
次韵江晦叔二首·其二 028
慈湖夹阻风五首·其五 029
澄迈驿通潮阁二首 030
春夜 032
东栏梨花 033
东坡 034
儋耳 035
和董传留别 036
和子由踏青 038
和陶饮酒二十首·其一 040
红梅三首·其一 041
海棠 042
惠崇春江晚景二首 043

惠州一绝 045
花影 046
江上看山 047
吉祥寺赏牡丹 048
寄黎眉州 049
汲江煎茶 050
倦夜 051
六月二十日夜渡海 052
六月二十七日望湖楼醉书五绝·其一 053
陌上花三首（选二） 054
梅花二首·其一 056
琴诗 057
守岁 058
书李世南所画秋景二首 060
题西林壁 062
武昌酌菩萨泉送王子立 063
饮湖上初晴后雨二首·其二 064
雨晴后，步至四望亭下鱼池上，遂自乾明寺前东冈上归二首·其一 065

赠刘景文 066
纵笔三首 067
自题金山画像 070
正月二十日，与潘、郭二生出郊寻春，忽记去年是日同至女王城作诗，乃和前韵 071

苏轼词

卜算子·黄州定慧院寓居作 075
八声甘州·寄参寥子 076
采桑子·润州多景楼与孙巨源相遇 078
定风波·莫听穿林打叶声 080
定风波·重阳括杜牧之诗 082
定风波·常羡人间琢玉郎 083
定风波·红梅 085
洞仙歌·冰肌玉骨 086
洞仙歌·咏柳 088
蝶恋花·春景 089
蝶恋花·密州上元 090
蝶恋花·京口得乡书 091

蝶恋花·暮春别李公择 092
蝶恋花·蝶懒莺慵春过半 094
蝶恋花·春事阑珊芳草歇 095
蝶恋花·记得画屏初会遇 096
归朝欢·和苏坚伯固 097
浣溪沙·麻叶层层苘叶光 099
浣溪沙·簌簌衣巾落枣花 100
浣溪沙·软草平莎过雨新 101
浣溪沙·山下兰芽短浸溪 102
浣溪沙·咏橘 103
浣溪沙·端午 104
浣溪沙·缥缈危楼紫翠间 105
浣溪沙·旋抹红妆看使君 106
浣溪沙·覆块青青麦未苏 107
浣溪沙·醉梦昏昏晓未苏 109
浣溪沙·雪里餐毡例姓苏 110
浣溪沙·半夜银山上积苏 112
浣溪沙·万顷风涛不记苏 114
浣溪沙·细雨斜风作小寒 115
浣溪沙·荷花 116

贺新郎·夏景 117
好事近·西湖夜归 119
江城子·凤凰山下雨初晴 120
江城子·乙卯正月二十日夜记梦 122
江城子·密州出猎 123
江城子·前瞻马耳九仙山 125
江城子·别徐州 126
减字木兰花·立春 127
减字木兰花·春月 128
减字木兰花·回风落景 129
临江仙·夜归临皋 131
临江仙·送钱穆父 132
临江仙·惠州改前韵 134
浪淘沙·探春 136
满江红·寄鄂州朱使君寿昌 137
满江红·怀子由作 139
满庭芳·三十三年 141
满庭芳·归去来兮 143
满庭芳·归去来兮 145
满庭芳·蜗角虚名 147

木兰花令·次欧公西湖韵 149
念奴娇·赤壁怀古 150
念奴娇·中秋 152
南歌子·云鬓裁新绿 154
南歌子·带酒冲山雨 155
南乡子·送述古 156
南乡子·寒雀满疏篱 157
南乡子·黄州临皋亭作 159
南乡子·重九涵辉楼呈徐君猷 160
南乡子·集句 161
菩萨蛮·回文夏闺怨 163
鹊桥仙·七夕送陈令举 164
青玉案·和贺方回韵送伯固归吴中 165
阮郎归·初夏 167
瑞鹧鸪·观潮 168
如梦令·水垢何曾相受 170
如梦令·寄黄州杨使君二首 172
水龙吟·次韵章质夫杨花词 174
水调歌头·明月几时有 176
水调歌头·黄州快哉亭赠张偓佺 178

少年游·去年相送 180
望江南·超然台作 181
行香子·述怀 182
行香子·过七里滩 184
行香子·丹阳寄述古 186
行香子·与泗守过南山晚归作 188
行香子·秋兴 190
西江月·世事一场大梦 191
西江月·照野浰浰浅浪 192
西江月·梅花 193
西江月·重阳栖霞楼作 194
西江月·平山堂 195
阳关曲·中秋作 196
虞美人·有美堂赠述古 197
虞美人·持杯摇劝天边月 198
渔家傲·临水纵横回晚鞚 199
渔家傲·千古龙蟠并虎踞 201
渔父·渔父饮 203
渔父·渔父醉 204
渔父·渔父醒 205

渔父·渔父笑 206
永遇乐·明月如霜 207
一丛花·初春病起 209
鹧鸪天·林断山明竹隐墙 211
昭君怨·金山送柳子玉 212
醉落魄·离京口作 213
醉落魄·席上呈杨元素 214

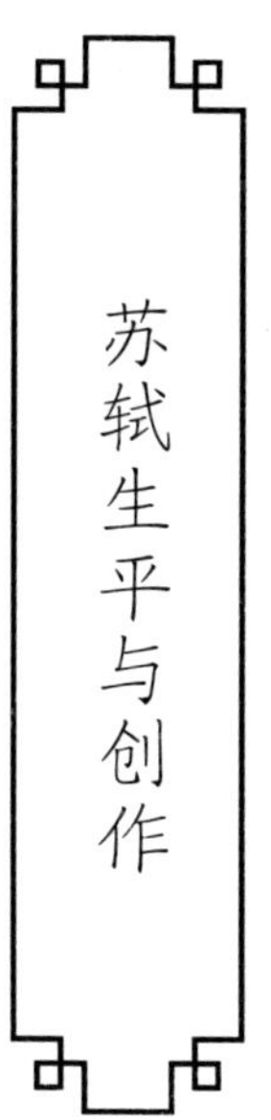

苏轼生平与创作

生平：仕途潦倒，心态超然

少年时期

苏轼，字子瞻，一作和仲，号铁冠道人、东坡居士，世称苏东坡、苏仙。宋仁宗景祐三年（1037），出生于四川的眉州眉山。据苏轼的父亲苏洵考证，其祖籍为赵州，唐武则天时有个叫苏味道的大臣是他们的祖宗。苏味道曾官至丞相，主张遇到事情要含糊，不可旗帜鲜明，当时的人就送他一个绰号：苏模棱。在武则天死后，苏味道的官运也到头了，被贬为眉州刺史，其后代就定居在了眉山。

苏轼一家在政治上似乎没有什么好运气，祖上五代都没有一个当官的。苏轼的祖父苏序是当地有名的怪人，酒量很大，但穿着古怪，常学张果老倒骑毛驴，口中还唠唠叨叨，念念有词，虽然写过几千首诗，但都没有流传。苏序虽然有些怪，却有着扶危济困的侠义心肠。他曾在丰年囤积粮食，荒年救济灾民。

苏轼的父亲苏洵也是一个具有传奇色彩的人物。《三字经》上的"苏老泉，二十七，始发愤，读书籍。"讲的就是苏洵。苏洵并不是不爱读书，只是厌恶科举。不知为何到了二十七岁，忽然发愤读书了，埋头苦读六年，并发誓不读透经史不再为文。

父亲发愤读书，家里的书自然就多了，这就为苏轼的启蒙教育提供了良好的环境。苏轼八岁进入私塾读书，师傅是个道士。这位道士先生穿着道袍上课，上课有时讲诗文，有时也讲一些升仙的故事。

苏轼的才华在读书期间便锋芒初现。十二三岁的苏轼能当堂改当时眉山县塾首席先生刘微之的诗。有一次，上课期间，刘先生得意地吟诵起自己的诗作《鹭鸶诗》，诵到“渔人忽惊起，雪片逐风斜”时还摇晃起了脑袋，可见对这首诗很是满意。不料，苏轼却站起来说：“不如改成‘渔人忽惊起，雪片落蒹葭’。”刘先生听后拍手叫好，自愧不如。

苏轼在父母的引导下读了不少史书。陈寅恪曾说：“有宋一代，苏东坡最具史识。”据说苏轼读《汉书》，抄了三遍，房间里都堆不下。

一举成名

嘉祐元年（1056），苏轼和弟弟苏辙跟随父亲离开眉州。嘉祐二年（1057）到达京城参加科举考试。苏家父子参加科考前在眉山已有名气，北宋蜀地有民谣唱到：眉山生三苏，草木尽皆枯。就是说他们父子三人用尽了眉山的灵气。

当时主考官乃是文坛领袖欧阳修，小试官则是诗坛宿将梅尧臣。考试前报名的考生很多，当主考官说苏家兄弟参加，你们认为自己还有多少希望，于是考生散去大半，可见苏轼兄弟在当时的影响。宰相韩琦甚至下令为生病的苏辙延期考试。

苏轼的文风清新，受到当时想要进行诗文革新的欧阳修的赏识。如不是为了避嫌（欧阳修误以为苏轼的文章是自己弟子曾巩的作品，给了第二），苏轼考试的文章当为第一。苏轼科考的题目是《刑赏忠厚之至论》，他在文章中阐述了自己的仁政思想。苏轼在文中写道："皋陶为士，将杀人。皋陶曰杀之三，尧曰宥之三。"欧阳修虽是大学问家却不知道这几句话的出处。等到苏轼谒谢时，欧阳修问苏轼出处，苏轼竟然回答："想当然耳。"就是说没有出处，自己杜撰的。按照考试规则，考生是不能杜撰典故的，苏轼不但杜撰，还杜撰关于圣君的典故，也真的是胆大。欧阳修对苏轼评论道："他日文章必将独步天下。"

苏轼的文章得到欧阳修的赞赏，在欧阳修的提携下，苏轼在京城名声鹊起。每当苏轼有新的作品，便会立刻传遍京师。正当苏轼声名大噪时，他的母亲病故，因此他离开京城，回乡奔丧。

三年丧期满后，苏轼于嘉祐六年（1061）参加宋仁宗亲自主持的制科殿试，并且考了第一，被称作"制科三等"（第一、二等为虚设），为"百年第一"。宋代开国百年，在苏轼之前考上三等的仅有一人。苏轼在皇帝御座下，洋洋洒洒写下五千言，皇帝亲自面试，对答如流，皇帝也被苏轼的才华所吸引。苏轼被授大理评事、签书凤翔府判官。

仕途不畅

虽然苏轼才华横溢，但不是所有人都欣赏他的才气，而且他在仕途上也不是一帆风顺。其中王安石便不喜欢苏轼的文风，还曾公开对别人说：如果我是主考官，就不会录取苏轼。王安石当时在翰林院工作，负责为皇帝起草诏令。皇帝任命苏轼为大理评事、签书凤翔府判官，有意思的是王安石竟然不愿意写任命书，此事便被耽搁了一阵。

苏轼到凤翔半年后与新太守陈希亮闹起了矛盾。陈希亮是苏轼的同乡，还和苏洵有交情，按说应该多照顾一下苏轼才是，但他却偏偏对苏轼“横挑鼻子竖挑眼”。苏轼新官上任三把火，做了几件让人称颂之事，且苏轼性格随和，人缘不错，衙门里的同僚都称苏轼为“苏贤良”。陈希亮不但不表扬、不鼓励，还发布命令，不许叫苏轼为苏贤良。年轻气盛的苏轼自然不满。后来中秋节宴会，苏轼为了躲避陈希亮宁愿被罚款也不去参加。罚金还是妻子王弗送到太守家的。王弗认为陈太守并不是有意为难苏轼，凤翔被太守治理得井然有序，说明太守是个好官。但苏轼去听不进妻子的劝告，和陈太守闹了两年的别扭。

苏轼在凤翔工作了四年后回到京城。英宗非常喜欢苏轼的文章，就想让苏轼进翰林院起草诏令，但是遭到宰相的反对，只好让他去了直史馆工作。在这里工作的好处就是苏轼有机会接触到皇帝收藏的各种珍贵的名画和书籍。

熙宁四年（1071），苏轼上书陈述王安石新法的弊病，惹恼了王安石。王安石便指使御史谢景上奏神宗，述说苏轼的过失。在这种形势下，苏轼只好请求出京任职，于是，被授杭州通判。

苏轼刚到杭州，就接到了友人文同写来的告诫诗，诗中告诉苏轼在杭州做事要切记“北客若来休问事，西湖虽好莫题诗”。以苏轼的性格，作为杭州通判既要问事，也要题诗，但这二者都给苏轼带来了祸端。王安石新法在杭州推行，导致农民生活艰辛，欠官债的百姓被官府捉拿，一度牢狱人满为患。除夕之日，苏轼目睹了百姓的凄惨，在州府的墙上留下了《除夜直都厅囚系皆满日暮不得反舍因题一诗于壁》：“除日当早，官事乃见留。执笔对之泣，哀此系中囚……”对于新法的弊端，苏轼甚至上书朝廷，直言其弊。

三年后，熙宁七年（1074），苏轼被调往密州任知州。密州是穷地方，穷到连太守都要挖野菜充饥。苏轼到任后，又遇密州蝗灾肆虐，苏轼一边忙着治理蝗灾，一边上书皇帝，请求减免赋税。苏轼在此任职，虽条件艰苦，心情却是不错的。苏轼在密州修建了一座“超然台”，以超然的心态留下了“老夫聊发少年狂”“明月几时有”等流传后世的著名诗词。

熙宁十年（1077）至元丰二年（1079），苏轼又被调到徐州任知州。苏轼这个人也是“霉运”连连，刚在密州治理了蝗灾，到徐州不久又赶上了洪灾。黄河决堤，洪水泛滥，苏轼亲自守城，调动船只和士兵筑堤护城。苏轼为了救灾，家也不回，在城墙上搭起茅草屋，在最大洪峰到来的前两天修好了拦截洪水的长堤，保住了徐州城。皇帝大喜，下诏嘉奖。后来苏轼离任时，徐州百姓数千人出城相送，哭声一片。

元丰二年（1079）四月，苏轼调为湖州知州。苏轼在地方为官已有一定的政绩，日后回京升职指日可待，偏偏在湖州这个地方“翻了车”。苏轼写了一篇例行公事的《湖州谢表》给皇上，没想到其中两句被小人揪住。他们指责苏轼的“愚不适时，难以追陪新进”“老不生事，或能牧养小民”是讽刺朝廷“新进”，对皇帝不忠。

一时间，朝内倒苏之声一片。七月，苏轼被御史台逮捕，押往京师，关在乌台，有数十人受到牵连，这就是著名的乌台诗案（御史台又称乌台，因植柏树，终年有乌鸦栖息）。

乌台诗案成为苏轼一生的转折点。苏轼反对变法，新党们便想置苏轼于死地。虽有苏轼为官之地的百姓以及朝堂之人为其求情，但宋朝历来重视言官，御史台的言官对苏轼群起攻之，皇帝虽赏识苏轼的才华，也很为难。这时，已经退休，在金陵赋闲的王安石站出来为苏轼讲了一句公道话。王安石上书说："安有圣世而杀才士乎？"最终，苏轼得到从轻发落，被贬为黄州团练副使，不但没有实权，还要受到当地官员监视。苏轼在黄州已无实权，难免会有孤独、失落之感。游览山河，题诗作赋便成了他寄托感情的一种方式，苏轼在黄州留下了著名的《赤壁赋》《后赤壁赋》《念奴娇·赤壁怀古》等佳作。另外，东坡居士的别号也是在这里取的，苏轼在工作之余带着家人在城东开垦了一块坡地，以补贴家用。

元丰七年（1084），苏轼离开黄州，奉诏到汝州任职。由于长途跋涉，苏轼的小儿子不幸夭折，再加上盘缠已用尽，苏轼上书朝廷先去常州居住，获批准。

元丰八年（1085），哲宗即位，司马光被重用，新党受到打压。这期间苏轼先是任职登州，又被召还朝，三个月后升为中书舍人，不久，又升为翰林学士等。当苏轼看到以司马光为首的保守势力极力压制新党势力，认为他们不过一丘之貉，于是上书抨击保守势力执政后暴露出的腐败现象。这样，苏轼又引起了旧势力的不满，再次遭到陷害，只好请求外调。

元祐四年（1089），苏轼第二次赴杭州做官。在杭州期间虽有旱灾、洪涝等，但日子过得还算惬意，并且修筑了苏公堤。元祐六年（1091）再度被调回京，又因政见不和，先后被调往颍州、扬州、定州等。后来新党再度执政时，苏轼又被贬到惠州。三年后，已经六十二岁的苏轼被贬到了海南岛的儋州，这次被贬仅比满门抄斩罪轻一等。宋徽宗即位后，朝廷大赦，苏轼得以复任为朝奉郎，却在北归途中，逝于常州。

美人相伴

苏轼的生命中出现过四个女人，第一个是少年时青梅竹马的堂妹。其余三个分别是苏轼的发妻王弗，继室王闰之，妾王朝云。

王弗与苏轼之间还有一段“唤鱼联姻”的佳话。据说苏轼曾在父亲好友王方执教的中岩书院读书，中岩下有一池绿水，闲暇之时他常去游览。一次他看池水看得入迷，不禁大叫“好水岂能无鱼”并抚掌三声，水中立刻群鱼翩翩。苏轼大喜，建议老师给此池题个好名。老师邀请了不少文人学士，所题之名不是过雅就是落俗，最后苏轼题名“唤鱼池”。巧的是，王方的女儿王弗这时也让丫鬟送来了题名——唤鱼池，众人不禁惊叹。后来王方请人做媒，把女儿许配给了苏轼。

王弗与苏轼虽然恩爱有加，但王弗在嫁给苏轼的第十一年便病逝了，著名的《江城子》“十年生死两茫茫”便是苏轼写给亡妻的，可见夫妻之间情深意笃。

王闰之是王弗的堂妹，原名二十七娘，嫁给苏轼后苏轼为其取名闰之。至于王闰之嫁给苏轼的原因有不同说法。一种是说王闰之被堂姐和苏轼之间的感情所感动，再者王闰之倾慕苏轼的才华。还有一种说法是王弗所生之子尚幼，只有王闰之才能对堂姐留下的孩子视为己出，精心照顾。王闰之为何嫁给苏轼已无从考据，重要的是她陪伴苏轼走过了人生的起起落落，受到苏轼的敬重。王闰之不但贤淑，还很大度，王闰之与苏轼所纳名伎王朝云相处融洽。这从苏轼的诗中可以看出，苏轼在《次韵和王巩六首》中写道：“子还可责同元亮，妻却差贤胜敬通。”便是对王闰之的称赞。

王朝云，字子霞，苏轼的红颜知己和侍妾。王朝云幼年家贫，沦落歌舞班中，但她天生丽质，能歌善舞，自有一股清雅的气质。12 岁被苏轼收为侍女，18 岁被纳为侍妾。苏轼与王朝云在西湖相遇，那首“欲把西湖比西子，淡妆浓抹总相宜”便表达了苏轼初遇王朝云并为之心动的感受。王朝云与苏轼虽然在年龄上相差甚多，但是在情感上常与苏轼产生共鸣。在苏轼被贬惠州时，王朝云唱苏轼的《蝶恋花》，每次唱到“枝上柳绵吹又少”，无不想到苏轼被贬，沦落天涯，就泪如雨下，悲伤不止。

据《东坡笔记》记载，东坡有一次退朝之后，吃过饭，摸着肚子慢步，回头问身边的使女：“汝辈且道是中何物？”一婢女说：“都是文章。”苏轼不以为然。又一婢女说：“满腹都是机械。”苏轼认为也不恰当。王朝云则说：“学士一肚皮不合时宜。”苏轼听后捧腹大笑，称赞道：“知我者，唯有朝云也。”朝云如此懂他，难怪苏轼将其视为红颜知己。

美食大家

苏轼可以称为伟大的美食家，一生爱好美食，发明美食，为我国的饮食文化做出了重要的贡献。在宋人的笔记小说中有许多苏轼发明美食的记载，流传至今的有东坡肉、东坡肘子、东坡羹、东坡饼等。热爱美食的人必然热爱生活，苏轼被贬惠州时，由于听不懂当地人的语言，倍感无趣。然而没过多久，苏轼便找到了生活的乐趣，还给弟弟写信详述了吃羊脊骨的方法和乐趣。

惠州市井寥落，然犹日杀一羊，不敢与仕者争。买时，嘱屠者买其脊骨耳。骨间亦有微肉，熟煮热漉出。不乘热出，则抱水不干。渍酒中，点薄盐炙微焦食之。终日抉剔，得铢两于肯綮之间，意甚喜之，如食蟹螯。率数日辄一食，甚觉有补。子由三年食堂庖，所食刍豢，没齿而不得骨，岂复知此味乎？戏书此纸遗之，虽戏语，实可施用也。然此说行，则众狗不悦矣。

信中详细介绍了羊脊骨（大概就是现在的羊蝎子）的做法和吃法，“终日抉剔”方挑出骨头间的小肉，但“意甚喜之，如食蟹螯”。苏轼一生虽历经磨难，但生活情趣不减，可见其豁达、超然的心态。

创作：一代文豪，自成一家

苏轼博学多才，在诗、词、文、书法、绘画等方面都取得了重大成就，写了两千七百多首诗，三百首词，四千多篇文章，成为北宋文坛第一大家。在散文上，苏轼与欧阳修并称“欧苏”，是唐宋八大家之一；在诗作上，与黄庭坚并称“苏黄”；在词作上，开辟了豪放的词风，与辛弃疾并称“苏辛”。苏轼在政治上坚持儒家入世思想，在生活上崇尚老庄超脱和旷达的态度，这种人生观对苏轼的创作产生了重要影响。

以文为诗

苏轼的诗，内容丰富，题材广泛，诗风“清雄”，发展了以文为诗的特色。清代赵翼在《瓯北诗话》中对苏轼的评价十分恰当：“天生健笔一枝，爽如哀梨，快如并剪，有必达之隐，无难显之情，此所以继李、杜后为一大家也。”

苏轼在诗的创作上把批判现实作为一个重要的主题。苏轼在政治上对积极改革、推行新法的王安石集团不满，对以司马光为首的旧势力执政后所暴露出的腐败等现象也不赞同，因此苏轼总是带着“一肚皮的不合时宜”，对社会中的弊端和陋习进行批判。

面对地主豪强兼并土地造成穷人到处流浪，苏轼不禁发出感慨：

当时夺民田，失业安敢哭。
谁家美园圃，籍没不容赎。
此亭破千家，郁郁城之麓。
……

对于新法存在的漏洞，苏轼以年轻人拿着青苗贷款进城浪费这一细微之例作诗：

杖藜裹饭去匆匆，过眼青钱转手空。
赢得儿童语音好，一年强半在城中。

苏轼在创作技巧上翻新出奇，写诗用典精当，比喻生动新奇。如《和子由渑池怀旧》中“人生到处知何似，应似飞鸿踏雪泥”，把人生踪迹比作雪泥鸿爪，此诗一面世便备受推崇，成为当时的流行语；“欲把西湖比西子，浓妆淡抹总相宜”也成为大家耳熟能详的经典。在《行香子·述怀》中，他连用三个典故，“浮名浮利，虚苦劳神。叹隙中驹，石中火，梦中身”，却并不显得堆砌。

苏轼在诗的创作上发展了韩愈以文为诗的传统，其古体诗多用散文的直叙和铺排手法。如《游金山寺》：

我家江水初发源，宦游直送江入海。
闻道潮头一丈高，天寒尚有沙痕在。
中泠南畔石盘陀，古来出没随涛波。
试登绝顶望乡国，江南江北青山多。
羁愁畏晚寻归楫，山僧苦留看落日。
微风万顷靴文细，断霞半空鱼尾赤。
是时江月初生魄，二更月落天深黑。
江心似有炬火明，飞焰照山栖乌惊。
怅然归卧心莫识，非鬼非人竟何物？
江山如此不归山，江神见怪警我顽。
我谢江神岂得已，有田不归如江水。

苏轼前往任职的途中，经过镇江，夜宿金山寺，得以观赏江上夜景，不禁浮想联翩，写下了这首古诗。这首诗韵味深长，除“微风万顷靴文细，断霞半空鱼尾赤”是对偶句式，其余全部是散文句式，且用了散文的直叙之法来写游历。

苏轼的另一首七言古诗《泗州僧伽塔》，也是在去杭州任职途中路过泗州僧伽塔时所作。这首诗在写景记事中穿插着说理，形成了独特的风格。

我昔南行舟击汴，逆风三日沙吹面。
舟人共劝祷灵塔，香火未收旗脚转。
回头顷刻失长桥，却到龟山未朝饭。

至人无心何厚薄，我自怀私欣所便。
耕田欲雨刈欲晴，去得顺风来者怨。
若使人人祷辄遂，告物应须日千变。
我今身世两悠悠，去无所逐来无恋。
得行固愿留不恶，每到有求神亦倦。
退之旧云三百尺，澄观所营今已换。
不嫌俗士污丹梯，一看云山绕淮甸。

苏轼的诗风雄放，但也不失柔情。苏轼在创作中非常重视将这两种对立的风格融合，并且做到了刚柔相济，从而呈现出“清雄”的风格。如《慈湖夹阻风》五首，这组七言绝句写的是被贬途中的景与情。尤其是第二首中的“此生归路愈茫然，无数青山水拍天”和最后一首中的“卧看落月横千丈，起唤清风得半帆”，作者通过对生活中常见之事的描写，展现人间何尝没有艰险，表达了随遇而安的人生态度。

以诗为词

苏轼在词的创作上也取得了重大成就，对词这种文体的发展而言，超过了在诗作方面的贡献。苏轼继柳永之后，对词体进行改革并突破了词必香软的樊篱，扩展了词的题材范围，扩大了词的意境，提高了词的文学地位。

首先，扩展了词的题材。苏轼一生宦海沉浮，辗转各地，人生阅历非常丰富。在他的词作中，突破了传统词作的题材局限，写景、言志、送别、悼亡、怀人、咏物、思乡等都可入词。清代刘熙载在《艺概·词曲概》中对苏轼词的题材有一句评价“无事不可如，无意不可言”，虽不一定恰当，但反映出苏轼丰富了词作的题材。如写给亡妻的《江城子》：

十年生死两茫茫，不思量，自难忘。千里孤坟，无处话凄凉。纵使相逢应不识，尘满面，鬓如霜。

夜来幽梦忽还乡，小轩窗，正梳妆。相顾无言，惟有泪千行。料得年年肠断处，明月夜，短松冈。

这首词用平实的语言写出了对亡妻的思念。从《诗经》开始出现悼亡诗一直到北宋，也出现过不少感人的悼亡之作，但将这一题材入词的苏轼是首创。苏轼在词中还运用了虚（小轩窗，正梳妆）实（明月夜，短松冈）结合的艺术手法来表达对亡妻的感情，同时也增加了对自己身世的感慨，让人读后更加伤感。

其次，开拓了词的意境。扩大词的呈现风格，是苏轼改革词体的主要方向。词经过南唐、五代的发展，逐渐形成了偏向表达女性柔情的婉约词风。这种词风限制了词的表达。苏轼开创了词作的新格局，尤其是开创了与婉约相对应的豪放词风。苏轼的词风格多样，刚柔兼具，开创豪放词风，并不是完全否定了婉约，而是形成了豪放、婉约、清丽、旷远等多种风格共同发展的局面。如著名的《江城子·密州出猎》：

老夫聊发少年狂，左牵黄，右擎苍。锦帽貂裘、千骑卷平冈。为报倾城随太守，亲射虎，看孙郎。

酒酣胸胆尚开张，鬓微霜，又何妨。持节云中、何日遣冯唐？会挽雕弓如满月，西北望，射天狼。

苏轼对自己的这首词也是颇为得意，曾写信给鲜于子骏表达自己的欣喜：“近却颇作小词，虽无柳七郎风味，亦自是一家，数日前猎于郊外，所获颇多。作得一阕，令东州壮士抵掌顿足而歌之，吹笛击鼓以为节，颇壮观也。”这首词是宋人较早抒发爱国情怀的豪放词，在意境的开拓方面具有重要意义。这首词气势雄浑豪放，读来让人荡气回肠，热血沸腾，同时也表达了作者希望杀敌戍边的热情。这首词扩大了词作的题材，对南宋爱国词有直接影响。

再次，以诗为词，诗词一体。苏轼在理论上打破了诗尊词卑的观念，将诗的创作和表现手法运用到词中，使词可以像诗一样表现作者的思想和人格，也使词摆脱了音律的限制和束缚，使表达方式更自由。苏轼写词主要是为了让人阅读，不以演唱为目的，这样会更注重抒发感情。正如宋代王灼在《碧鸡漫志》中所说：“东坡先生非心醉于音律者，偶尔作歌，指出向上一路，新天下耳目，弄笔者始知自振。”苏轼在词作方面的创新强化了词的文学性和可读性，弱化词对音律的依附。如《沁园春·孤馆灯青》：

孤馆灯青，野店鸡号，旅枕梦残。渐月华收练，晨霜耿耿；云山摛锦，朝露漙漙。世路无穷，劳生有限，似此区区长鲜欢。微吟罢，凭征鞍无语，往事千端。

当时共客长安，似二陆初来俱少年。有笔头千字，胸中万卷；致君尧舜，此事何难？用舍由时，行藏在我，袖手何妨闲处看。身长健，但优游卒岁，且斗尊前。

这是一首将议论和抒情相结合的言志抒怀之作，抒发了壮志难酬的苦闷。这首词是苏轼以“诗人句法”入词的尝试，虽有不足之处，如以抽象的说理代替具体的描写，虽在意境和韵味上略有欠缺，但毕竟有了创新，给词坛带来了新气象。

以诗为词是苏轼革新词风的主要手法，具体的表现方式主要是题序和用典。在词的创作上大量使用典故也是始于苏轼，使用典故是一种替代性的叙事方式，也能达到委婉抒情的效果。题序是为了更好的交代词的创作时间、地点、创作缘由等。如苏轼的很多词有序，且序很长，有的序甚至比词还长，如《洞仙歌·冰肌玉骨》一词的序就有一百多字：

仆七岁时，见眉州老尼，姓朱，忘其名，年九十岁。自言尝随其师入蜀主孟昶宫中。一日大热，蜀主与花蕊夫人夜纳凉摩诃池上，作一词，朱具能记之。今四十年，朱已死久矣，人无知此词者，但记其首两句，暇日寻味，岂《洞仙歌令》乎？乃为足之云。

这对读者了解词的内涵具有很大的帮助，丰富了词的表现手法，对词的发展产生了重大影响。

姿态横生

苏轼的文章风格多变，他反对统一的文风，推崇韩愈和欧阳修对古文的贡献。苏轼是欧阳修之后北宋文坛的领袖人物，其为文强调“有为而作”，反对千篇一律的文风。如《答谢民师推官书》中所主张的文章应该：“如行云流水，初无定质，但常行于所当行，常止于所不可不止。文理自然，姿态横生。”

苏轼擅长写议论文，早年写的文章具有浓厚的纵横家的雄放气势，但为了做出惊人之论，有时却显得不合义理。由于苏轼有较高的论说技巧，且见解独到深刻，其文章一时成为士子参加科举考试的范文，几乎成为“考试必备法宝”，广泛流传。

苏轼的散文与欧阳修、王安石齐名，但单纯从文学的角度来衡量，苏轼的散文成就无疑高出一等。苏轼发展了恩师欧阳修平易舒缓的文风，开拓了散文创作的新方向。苏轼的叙事游记是其散文中艺术价值最高的，如记叙人物的碑文的《潮州韩文公庙碑》，记叙楼台亭榭的散文《喜雨亭记》，记述道观寺庙的散文《记游定惠院》等。苏轼的散文常以细腻淡雅的笔触，将叙事、写景、抒情融为一体，引人入胜。

苏轼写文章注重精炼“达意”，很少有冗词赘句，这一特点在其笔记小品文中表现得尤为明显。如《记承天寺夜游》：

元丰六年十月十二日夜，解衣欲睡，月色入户，欣然起行。念无与为乐者，遂至承天寺寻张怀民。怀民亦未寝，相与步于中庭。

庭下如积水空明，水中藻、荇交横，盖竹柏影也。何夜无月？何处无竹柏？但少闲人如吾两人者耳。

虽然全文只有八十多字，但韵味隽永，真实记录了被贬黄州时的一个生活片段，表达了苏轼积极乐观的人生态度。文章言简意赅，行文如流水，可谓是“一语天然万古新，豪华落尽见真纯”。

此外，苏轼在辞赋方面也取得了不错的成就，在文章中融入了古文的疏宕和诗歌的抒情，且在行文中骈散并用，如著名的《赤壁赋》《后赤壁赋》，便是用赋的文体，描写了长江月夜的幽美。

除了诗、词、文章，苏轼在书法、绘画等方面也取得了重要的成就。在书法上，苏轼擅长行书、楷书，与黄庭坚、米芾、蔡襄并称为“宋四家”。绘画方面，苏轼善画墨竹，在书画理论上主张画外有情，提倡“诗画本一律，天工与清新”，并提出“士人画”的概念。

苏轼作为北宋杰出的文学家、书法家、画家等，在诗、词、散文、书法、绘画等方面取得了较大成就。诗词文作品有《东坡七集》《东坡易传》《东坡乐府》等，绘画作品有《潇湘竹石图卷》《枯木怪石图卷》等。虽然政治上总是不得意，但好在旷达、洒脱。正如林语堂对他的评价：“苏轼是一个无可救药的乐天派、一个伟大的人道主义者、一个百姓的朋友、一个大文豪、大书法家、创新的画家、造酒试验家、一个工程师、一个憎恨清教徒主义的人、一位瑜伽修行者佛教徒、巨儒政治家、一个皇帝的秘书、酒仙、厚道的法官、一位在政治上专唱反调的人、一个月夜徘徊者、一个诗人、一个小丑……”

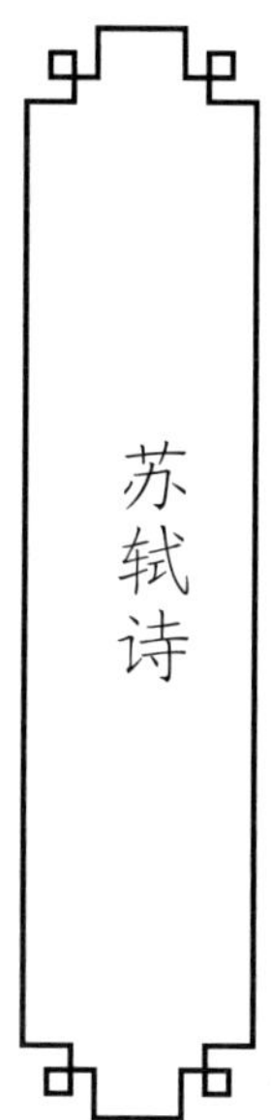

苏轼诗

被酒[1]独行，遍至子云、威、徽、先觉四黎之舍，三首（选二）

其一

半醒半醉问诸黎，竹刺藤梢步步迷。

但寻牛矢觅归路，家在牛栏西复西。

◇注释

[1] 被酒：刚喝过酒，带着醉意。

◇译文

半醉半醒间，拜访四位黎姓好友，归来时，天色已晚，酒意仍在，路上杂草、藤条丛生，像迷阵一样把我困在其中。只好沿着牛粪寻找回家的路，因为家就在牛栏的西面。

其二

总角[1]黎家三小童，口吹葱叶[2]送迎翁。

莫作天涯万里意，溪边自有舞雩[3]风。

◇注释

[1] 总角：古代未成年人把头发扎成的左右两个髻，借指幼年。

[2] 口吹葱叶：一种儿童游戏。

[3] 雩 (yú)：古代求雨的祭祀。

◇译文

黎家的三个小孩吹着树叶，用欢快的乐声来迎接和欢送我。不必为了虚名浮利而争斗，淡泊的生活也自有乐趣。

别海南黎民表[1]

我本海南民，寄生西蜀州。
忽然跨海去，譬如事远游。
平生生死梦，三者无劣优。
知君不再见，欲去且少留。

◇注释

[1] 黎民表：指黎子云。

◇译文

我本是海南人，只是寄生在西蜀而已。现在突然要跨海离开，就像要出门远游一样依依不舍。生、死、梦不过人生平常事，并没有好坏之别。此次别后，再难相见，不忍离开。

初到黄州

自笑平生为口忙，老来事业转荒唐。
长江绕郭知鱼美，好竹连山觉笋香。
逐客[1]不妨员外置，诗人例作水曹郎。
只惭无补丝毫事，尚费官家压酒囊[2]。

◇注释

[1] 逐客：被贬之人，指诗人自己。

[2] 压酒囊：官府卖酒后剩下的酒袋，充抵一部分官俸。

◇译文

自我解嘲一生都在为这张嘴奔忙，到老反而生计无着落。长江围绕着黄州的外城，这里有美味的江鱼，修竹遍山，似乎闻到了阵阵的笋香。被贬之人，不妨就做个员外置身事外，按照诗人一贯的风格，悠然做个水曹郎。只是惭愧我于政事无补，还要让官府破费俸禄。

次韵荆公[1]四绝·其三

骑驴渺渺入荒陂[2]，想见先生未病时。

劝我试求三亩宅，从公已觉十年迟。

◇注释

[1] 荆公：指王安石。

[2] 陂（bēi）：山坡。

◇译文

骑着毛驴经过空旷荒芜的山坡，来看望先生，本应在先生未病时前来，却被他事所误。先生劝我向圣上求得三亩田宅，结邻相伴，荆公已退隐十年，我早该前来相伴。

次韵江晦叔二首·其二

钟鼓江南岸，归来梦自惊。

浮云时事改，孤月此心明。

雨已倾盆落，诗仍翻水成[1]。

二江争送客，木杪[2]看桥横。

◇注释

[1] 翻水成：比喻才思敏捷，化用韩愈《寄崔二十六立之》“文如翻水成，初不用意为。”

[2] 木杪（miǎo）：树梢。

◇译文

梦中游览了钟鼓喧天、热闹非凡的江南，归来时梦被惊醒。世事如浮云，变幻莫测，而我心始终如天上那轮孤月光明磊落。伴着倾盆大雨的落下，我的诗作已成。门外两条江水争相送别客人的小船，岸边的树梢目睹了桥上的黯然。

慈湖夹阻风五首·其五

卧看落月横千丈，起唤清风得半帆。

且并水村欹侧过，人间何处不巉岩[1]。

◇注释

[1] 巉（chán）岩：岩石险峻，比喻艰险的人生道路。

◇译文

昨夜在船头卧看天上落月与千丈云横，今晨起来，老船工唤清风将船帆吹开，但仅张开半帆。倾斜摇晃地驶过临江小村慈湖夹这一艰险处，其实人生的道路上又何尝没有艰难险阻。

澄迈驿通潮阁二首

其一

倦客愁闻归路遥，眼明飞阁俯长桥。

贪看白鹭横秋浦，不觉青林没晚潮。

◇**译文**

回乡的路途遥远，客居他乡之人满怀愁绪，突然眼前一亮，看见一座高阁俯视着长桥。目光追随着白鹭在秋日的水滨飞翔，不知不觉间晚潮已退，只见苍翠的树林隐没在暮色中。

其二

余生欲老海南村，帝遣巫阳[1]招我魂。

杳杳天低鹘[2]没处，青山一发是中原。

◇注释

[1] 巫阳：古代传说中的女巫。

[2] 鹘（gǔ）：一种鸟。

◇译文

我已做好老死在海南荒村的准备，但天帝应该会派巫阳来把我的魂魄召回吧。鹘鸟正慢慢消失在天地相接处，远处连绵的青山有如一缕黑发，那里正是我日思夜想、盼望北归的中原啊！

春夜

春宵一刻[1]值千金，花有清香月有阴。
歌管楼台声细细，秋千院落夜沉沉。

◇注释

[1] 一刻：比喻时间很短。刻，古代用漏壶计时，一昼夜共一百刻。

◇译文

春天的夜晚，就是很短的时间也非常珍贵，月色下，花儿在朦胧的阴影里散发出阵阵清香。夜已深，楼台中还飘出轻柔的歌声，秋千在院子里静静地伴着沉静的夜色。

东栏[1]梨花

梨花淡白柳深青，柳絮飞时花满城。

惆怅东栏一株雪，人生看得几清明。

◇注释

[1] 东栏：指诗人门口的栏杆。

◇译文

淡白的梨花，青青的柳条，满城飞舞的柳絮，纷纷扬扬的梨花，满城皆是雪白的花。清明时节，一株梨花似雪，我却满怀惆怅，世上有几人能看清这人生的纷纷扰扰。

东坡

雨洗东坡月色清，市人行尽野人[1]行。

莫嫌荦确[2]坡头路，自爱铿然曳杖声。

◇注释

[1] 野人：村野之人，这里是诗人自称。

[2] 荦（luò）确：山石高低不平。

◇译文

大雨洗去东坡的灰尘，月光下，一片清新，城里的人已经离开，只有村野之人还在悠闲地漫步。不要嫌弃这里的路崎岖不平，我就喜欢拐杖落地的铿然之声。

儋耳

霹雳收威暮雨开，独凭栏槛倚崔嵬。

垂天雌霓云端下，快意雄风海上来。

野老已歌丰岁语，除书欲放逐臣回。

残年饱饭[1]东坡老，一壑能专[2]万事灰。

◇注释

[1] 残年饱饭：化用杜甫《痛后过王倚饮赠歌》中“但得残年饱吃饭”句。

[2] 一壑能专：指有一块可以退隐之地。见陆云《逸民赋序》：“古之选民，或轻天下，细万物，而欲专一丘之欢，擅一壑之美。”

◇译文

傍晚时分，大雨初停，雷电不再猖狂，我独自凭栏远眺，欣赏大自然的壮丽。一道彩虹垂挂在云端之下，海风吹来一阵快意。村野老人唱出了丰收的赞歌，赦免的诏书欲将流放的臣子召回。东坡已老，只求残年能有一处安身之地，不至忍饥挨饿，其他事已无所求。

和董传[1]留别

粗缯大布裹生涯，腹有诗书气自华。
厌伴老儒烹瓠叶，强随举子踏槐花[2]。
囊空不办寻春马[3]，眼乱行看择婿车[4]。
得意犹堪夸世俗，诏黄新湿字如鸦。

◇注释

[1] 董传：字至和，苏轼之友。

[2] 踏槐花：唐有“槐花黄，举子忙”的说法，槐花落时是举子应试的时间，后来称参加科举考试为“踏槐花”。

[3] 寻春马：化用孟郊《登科后》诗句“春风得意马蹄疾，一日看尽长安花”。

[4] 择婿车：指公卿、商贾家千金小姐乘坐的马车。唐代进士放榜时，在曲江亭设宴，这天，官商之家的千金会乘车出游，以选择佳婿。

◇译文

虽然穿着粗布衣服，生活落魄，但挡不住由内而外散发出的诗书之气。不想与老儒一起谈论“烹瓠叶”的清苦日子，决定跟随举子们参加科举考试。不过囊中羞涩无钱置办“看尽长安花”之马，只好看看令人眼花缭乱的“择婿车”。但应试得中可以向世俗的人们炫耀，诏书上有我的名字。

和子由踏青

东风陌上惊微尘，游人初乐岁华新。
人闲正好路旁饮，麦短未怕游车轮。
城中居人厌城郭，喧阗[1]晓出空四邻。
歌鼓惊山草木动，箪瓢散野乌鸢驯。
何人聚众称道人，遮道卖符色怒嗔。
宜蚕使汝茧如瓮，宜畜使汝羊如麇[2]。
路人未必信此语，强为买服禳[3]新春。
道人得钱径沽酒，醉倒自谓吾符神。

◇注释

[1] 阗（tián）：充满。

[2] 麇（jūn）：即獐子。

[3] 禳（ráng）：祈福消灾。

◇译文

春风吹拂着田间小路，惊起微尘乱舞，游人来到野外感受春天的惬意。悠闲的人们趁机在路旁小酌，短小的麦苗不怕车轮的碾压。居住在城里的人厌倦了城市的高墙，一早喧闹着出城来寻找春天的踪迹。歌声、鼓声惊醒了沉睡的山峰和冬眠的草木，野外到处是用餐的箪瓢和不惧行人前来捡食的乌鸢。何人在那边自称道人，挡在路边卖符，且夸耀自己的道符能使所养之蚕结茧如瓮大，能使所养之羊如獐肥。过路之人未必相信这样的话，只不过为图吉利，勉强买下。道人卖了钱前去买酒，醉后还夸自己的符灵验。

和陶饮酒二十首·其一

我不如陶生[1]，世事缠绵之。

云何得一适，亦有如生时。

寸田无荆棘，佳处正在兹。

纵心与事往，所遇无复疑。

偶得酒中趣，空杯亦常持。

◇注释

[1] 陶生：指陶渊明。

◇译文

我没有陶渊明的洒脱，总是被纷繁的世事纠缠。如何才能像陶渊明在世时那样闲适自在。放下心中的荆棘，自有美好出现。放纵的心意与往事，都随风而逝吧。偶尔悟得酒中真趣，连空杯也常常把玩。

红梅三首·其一

怕愁贪睡独开迟，自恐冰容不入时。
故作小红[1]桃杏色，尚余孤瘦雪霜姿。
寒心未肯随春态，酒晕无端上玉肌。
诗老[2]不知梅格在，更看绿叶与青枝。

◇注释

[1] 小红：浅红。

[2] 诗老：指诗人石延年，字曼卿。

◇译文

害怕忧愁又贪睡的红梅，花期姗姗来迟，担忧自己冰清玉洁的容颜不合时宜。只好故意打扮成浅红的桃杏色，但仍无法掩饰其孤傲俊逸的姿态。梅花内心高洁，怎肯因春天到来就随意展示自己的美，那浅红之色，不过是酒后泛起的红晕。诗老不懂梅花的品格，怎能只看有无绿叶和青枝？

海棠

东风袅袅泛[1]崇光，香雾空濛月转廊。

只恐夜深花睡去，故烧高烛照红妆。

◇注释

[1] 泛：摇动。

◇译文

微风吹拂着片片云朵，露出月亮淡淡的银光，花香在朦胧的雾气里氤氲，月亮偏斜，已过院中回廊。担心花儿会在深夜里睡去，因此，点燃蜡烛，照亮海棠盛开的容颜。

惠崇[1]春江晚景[2]二首

其一

竹外桃花三两枝，春江水暖鸭先知。

蒌蒿满地芦芽短，正是河豚欲上时。

◇注释

[1] 惠崇：诗人，能诗会画。

[2] 春江晚景：是惠崇的名画，有两幅，一幅为鸭戏图，一幅为飞雁图。

◇译文

竹林外，有两三枝桃花已经开放，鸭子在水中嬉戏，它们最先知道春天江水的暖意。此时，河岸边已长满蒌蒿，芦苇也长出了嫩芽，河豚正逆流而上，游回到江河里。

其二

两两归鸿欲破群，依依还似北归人。

遥知朔漠[1]多风雪，更待江南半月春。

◇注释

[1] 朔漠：北方沙漠地带。

◇译文

大雁北飞，就像北归的人一样，因依依不舍，差点掉了队。还未到北方，就知道北方的沙漠多风雪了，还是在江南再待半个月，等待春光时节吧。

惠州一绝

罗浮山下四时春，卢橘杨梅次第新。

日啖[1]荔枝三百颗，不辞长作岭南人。

◇注释

[1] 啖（dàn）：吃。

◇译文

罗浮山下四时都是春天，卢橘、杨梅依次成熟。如果能每天吃三百颗荔枝，我愿意永远作岭南的人。

花影

重重叠叠上瑶台，几度呼童扫不开。

刚被太阳收拾去，却教明月送将来[1]。

◇注释

[1] 送将来：指花影重新出现，好像月光送来的。将，语气助词。

◇译文

亭台上重重叠叠的花影一层又一层，几次让仆人去打扫都扫不去。傍晚，这些花影刚被太阳带走，晚上又被明月送来。

江上看山

船上看山如走[1]马，倏忽过去数百群。
前山槎牙[2]忽变态[3]，后岭杂沓如惊奔。
仰看微径斜缭绕，上有行人高缥渺。
舟中举手欲与言，孤帆南去如飞鸟。

◇注释

[1] 走：跑。

[2] 槎牙：参差不齐的样子。

[3] 变态：变化形态。

◇译文

坐在行船上看岸边的山峦，如同奔跑的骏马，很多山峰忽然间就从眼前过去了。参差不齐的前山形态变化万千，杂乱的后岭惊奔而去。抬头看着山上的小路曲折回旋，远处有行人缥缈的身影。我在舟中正想抬起手来与山上的行人打招呼，孤单的船已像飞鸟一样向南驶去。

吉祥寺赏牡丹

人老簪花[1]不自羞，花应羞上老人头。

醉归扶路人应笑，十里珠帘半上钩。

◇注释

[1] 簪花：插花，戴花。

◇译文

人虽老，心未老，头上戴花并不觉得难为情，鲜艳的花儿应该会因为被戴在老人头上而感到羞愧。赏花归，饮酒醉，引得路人笑。十里长街，珠帘半卷，争看这醉态可掬的太守。

寄黎眉州[1]

胶西高处望西川，应在孤云落照边。

瓦屋[2]寒堆春后雪，峨眉翠扫雨余天。

治经方笑《春秋》学，好士今无六一贤。

且待渊明赋归去，共将诗酒趁流年。

◇注释

[1] 黎眉州：黎錞，字希声，北宋经学家，著有《春秋经解》。

[2] 瓦屋：山名，现属眉山市洪雅县。

◇译文

我在胶西登高远望西川的风景，我的家乡应该在落日孤云处。瓦屋山上依旧白雪覆盖，峨眉山上苍翠的景色驱散了雨后的阴霾。研究经学的人嘲笑研究《春秋》的你，现在再没有像六一居士那样爱惜人才的贤者。等我像陶渊明那样回归田园，我们一起饮酒赋诗，共享这美好的年华。

汲江煎茶

活水还须活火烹，自临钓石取深清。

大瓢贮月归春瓮，小杓[1]分江入夜瓶。

茶雨[2]已翻煎处脚，松风忽作泻时声。

枯肠未易禁三碗，坐听荒城长短更。

◇注释

[1] 杓（sháo）：同“勺”。

[2] 茶雨：指煎茶时浮在水面上的浮沫。

◇译文

煮茶需要用流动的活水和旺盛的火，于是亲自到江边汲取深处的清水。取一瓢江月倒入瓮中，再用小勺将江水分装进瓶中。水已沸，茶叶在水中翻滚，茶叶的浮沫漂浮着，茶水倒入茶碗，就像风吹过松林时发出的飕飕声。清香醇美使枯肠难以以三碗为限，静坐荒城，品着清香的茶，听着外面打更的声响。

倦夜

倦枕[1]厌长夜，小窗终未明。

孤村一犬吠，残月几人行。

衰鬓久已白，旅怀空自清。

荒园有络纬[2]，虚织竟何成。

◇注释

[1] 倦枕：指失眠。

[2] 络纬：又名莎鸡，也称纺织娘。

◇译文

漫漫长夜，失眠的人尤觉夜长，窗外的光亮迟迟不肯到来。孤寂的村中传来一声犬吠，清冷的残月下有几个人在赶路。鬓发已斑白，空有旅居在外的凄清。纺织娘的叫声在荒园里此起彼伏，徒劳无功地鸣叫能有何成就？

六月二十日夜渡海

参[1]横斗转欲三更，苦雨终风也解晴。

云散月明谁点缀，天容海色本澄清。

空余鲁叟[2]乘桴意，粗识轩辕奏乐声。

九死南荒吾不恨，兹游奇绝冠平生。

◇注释

[1] 参（shēn）：星宿名。

[2] 鲁叟：指孔子。

◇译文

参星横斜，北斗转向，夜已三更，终日刮风下雨，也该放晴了。云已散去，明月高悬，不用谁来点缀，碧海蓝天本就明净。我乘船渡海，空有孔子之志，涛声让我仿佛听到了黄帝在演奏优美的乐曲。被贬到海南荒凉之地，虽九死一生，亦不后悔，这是我生平最奇特的一次游历。

六月二十七日望湖楼[1]醉书五绝·其一

黑云翻墨未遮山，白雨跳珠乱入船。

卷地风来忽吹散，望湖楼下水如天。

◇注释

[1] 望湖楼：又名看经楼，位于杭州西湖之畔，五代时吴越王钱弘俶所建。

◇译文

乌云翻滚，如同泼洒的墨汁，在天边峰峦处余一抹留白。大雨溅起的水花就像跳动的珍珠，飞入船舱。忽然间狂风大作卷地而来，满天乌云尽消散，望湖楼下湖水明丽，如雨洗过的天空，一尘不染。

陌上花三首（选二）

游九仙山，闻里中儿歌《陌上花》。父老云：吴越王妃，每岁春必归临安。王以书遗妃曰："陌上花开，可缓缓归矣。"吴人用其语为歌，含思宛转，听之凄然，而其词鄙野，为易之云。

其一

陌[1]上花开蝴蝶飞，江山犹是昔人非。
遗民几度垂垂老，游女长歌缓缓归。

◇注释

[1] 陌：田间东西方向的小路，泛指道路。

◇译文

田间小路旁的花儿已盛开，吸引着蝴蝶在花间飞来飞去，山河未变，只是它的主人早已更换。几度春秋，前朝的遗民渐渐老了，出游的女子唱着歌，缓缓归来。

其二

陌上山花无数开，路人争看翠軿[1]来。

若为留得堂堂去，且更从教缓缓回。

◇注释

[1] 軿（píng）：车幔。

◇译文

田间小路旁的花儿开得烂漫，路上的行人争相一睹翠軿车的风采。要想留住这美景，就应听从吴越王的建议，不必急着归去。

梅花二首·其一

春来幽谷水潺潺，的皪[1]梅花草棘间。

一夜东风吹石裂，半随飞雪度关山。

◇注释

[1] 的皪（dí lì）：鲜明的样子。

◇译文

春天，山谷幽静，溪水潺潺，尚未凋零的梅花点缀着岩石间的花草。一夜东风，吹落了枝头的梅花，片片梅花伴着雪花在空中飞舞，飞向远方。

琴诗[1]

若言琴上有琴声，放在匣中何不鸣？

若言声在指头上，何不于君指上听？

◇注释

[1] 琴诗：又作《题沈君琴》。

◇译文

如果说琴声是从琴上发出来的，为什么放在匣子中就不响了？如果说琴声是从手指上发出来的，为什么不在手指上听呢？

守岁

欲知垂尽岁，有似赴壑蛇。
修鳞[1]半已没，去意谁能遮。
况欲系其尾，虽勤知奈何。
儿童强不睡，相守夜欢哗。
晨鸡且勿唱，更鼓畏添挝[2]。
坐久灯烬落，起看北斗斜。
明年岂无年，心事恐蹉跎。
努力尽今夕，少年犹可夸。

◇注释

[1] 修鳞：指蛇。

[2] 挝（zhuā）：敲打。

◇译文

旧岁即将过去，就像游向山谷的长蛇。蛇身一半已不见，离去的决绝谁能阻挡！何况想要留住它的末端，虽是勤奋却也无可奈何。儿童强撑着不睡，在守岁的夜里喧哗。报晓的晨鸡暂且不要唱响新年的钟声，敲打的更鼓已经让人感到惧怕。坐在灯下太久，灯花已燃尽，起身去看北斗星已斜挂在苍穹。难道明年没有春节？只怕光阴荏苒，心事依旧。今天尽力做好今天之事，少年人的意气还可夸耀。

书李世南[1]所画秋景二首

其一

野水参差落涨痕，疏林欹倒[2]出霜根。

扁舟一棹归何处，家在江南黄叶村。

◇注释

[1] 李世南：字唐臣，北宋著名画家，擅画山水。

[2] 欹倒：倾斜、歪倒。

◇译文

参差的河岸边露出涨水落下后的痕迹，稀疏的树木倾倒在地，露出如霜般的树根。一叶扁舟将漂向何处，应该是回到江南黄叶村的家乡。

其二

人间斤斧日创[1]夷，谁见龙蛇百尺姿。

不是溪山成独往，何人解作挂猿枝。

◇注释

[1] 创：砍掉。

◇译文

人们不停地用斧头砍伐树木，很难再看到古木龙蛇般蜿蜒的身姿。如果不是这里山险水急，人迹罕至，怕是树木早被砍伐，谁能知道这里曾是猿猴栖息的地方。

题西林壁

横看成岭侧成峰，远近高低各不同。

不识庐山真面目，只缘身在此山中。

◇译文

不管是从正面看还是从侧面看，庐山山峦连绵起伏，山峰耸立，不管从远处看、近处看、高处看、低处看，同样呈现出不同的形态。看不清庐山的真面目，只是因为身在庐山之中。

武昌酌菩萨泉送王子立[1]

送行无酒亦无钱，劝尔一杯菩萨泉。

何处低头不见我，四方[2]同此水中天。

◇注释

[1] 王子立：苏轼的弟子，也是其弟苏辙的女婿。

[2] 四方：泛指各处，这里指天下。

◇译文

为你送行，但囊中羞涩，既无酒也无钱，只能劝你饮一杯武昌甘甜的菩萨泉水。低头看水，哪里的水不能照见我呢？天下之地都如同这水中之天。

饮湖上初晴后雨二首·其二

水光潋滟[1]晴方好，山色空濛雨亦奇。

欲把西湖比西子，淡妆浓抹总相宜。

◇注释

[1] 潋滟：形容水波荡漾。

◇译文

阳光下，水波荡漾，闪耀着恰到好处的美；烟雨朦胧时，远处的群山若隐若现。把西湖比作美丽的西施，不管浓妆还是素颜，都无法掩饰其天生丽质。

雨晴后，步至四望亭下鱼池上，遂自乾明寺前东冈上归二首·其一

雨过浮萍合，蛙声满四邻。

海棠真一梦，梅子欲尝新。

拄杖闲挑菜，秋千不见人。

殷勤木芍药，独自殿[1]余春。

◇注释

[1] 殿：在最后。

◇译文

被雨打散的浮萍雨后又重新聚合起来，池塘里蛙声一片。海棠花已落尽，梅子已熟，可以尝鲜了。拄着拐杖悠闲地挑着菜，院子里的秋千独自寂寞。芍药花在殷勤地微笑，静静地开在春天的最后。

赠刘景文

荷尽已无擎雨盖，菊残犹有傲霜枝。

一年好景君[1]须记，正是橙黄橘绿时。

◇注释

[1] 君：指刘景文，即刘季孙，字景文。

◇译文

荷花凋零，荷叶枯萎，已不能遮风挡雨，菊花虽凋谢，但仍有花枝可以傲立风中斗霜寒。你一定要记住一年中最好的风景，那就是橙子金黄、橘子青绿的时节。

纵笔三首

其一

寂寂东坡一病翁，白须萧散满霜风。
小儿[1]误喜朱颜在，一笑那知是酒红。

◇注释

[1] 小儿：指苏轼的三儿子苏过。

◇译文

孤寂的我，一个病容满面的老翁，须发萧散，饱经一生的风霜。小儿子满心欢喜，以为我脸色红润，我一笑，其实那是酒后的醉颜。

其二

父老争看乌角巾，应缘曾现宰官身。

溪边古路三叉口，独立斜阳数过人。

◇译文

乡亲们争相来看我黑色的头巾，因为我曾有官职在身。如今，独自在溪边的三岔路口，看夕阳西下，数过往行人。

其三

北船不到米如珠，醉饱萧条半月无。

明日东家知祭灶[1]，只鸡斗酒定膰[2]吾。

◇注释

[1] 祭灶：祭灶神。

[2] 膰：古代祭祀用的熟肉。

◇**译文**

从北边运粮的船还未到，现在米如珍珠贵，半个月来已不知饱和醉。明天就是祭灶的日子了，东邻一定会宰鸡、备酒，赠我祭肉，趁机大醉一回。

自题金山画像[1]

心似已灰之木，身如不系之舟。

问汝平生功业，黄州惠州儋州[2]。

◇注释

[1] 金山画像：指金山寺苏轼画像，李公麟所作。

[2] 儋（dān）州：在海南省。

◇译文

心如冷却的灰烬，身似无缆绳的小船。问我一生的功业在何方，黄州、惠州、儋州。

正月二十日，与潘、郭[1]二生出郊寻春，忽记去年是日同至女王城作诗，乃和前韵

东风未肯入东门，走马还寻去岁村。

人似秋鸿来有信，事如春梦了无痕。

江城白酒三杯酽，野老苍颜一笑温。

已约年年为此会，故人不用赋《招魂》[2]。

◇注释

[1] 潘、郭：指苏轼在黄州的朋友潘大临和郭遘。

[2] 赋《招魂》：写一篇《招魂》，指想将自己从黄州调回京城。

◇译文

春风还未吹到东边的城门，骑着马寻找去年游玩过的村落。人像秋天的

鸿雁，来去都有音信，往事却像一场大梦，醒后不留一点痕迹。到江城的酒家喝上三杯自酿的好酒，迎接我们的是淳朴老人脸上温暖的笑容。已经约定每年来此相会，老朋友们就不用为我遭贬之事担心了。

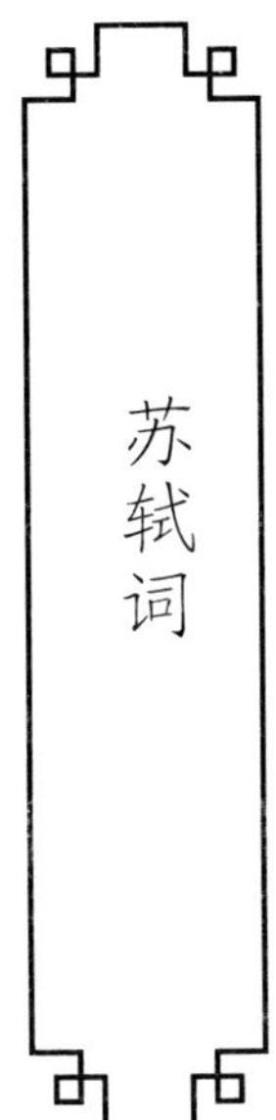

苏轼词

卜算子·黄州定慧院寓居作

缺月挂疏桐，漏断[1]人初静。谁见幽人独往来，缥缈孤鸿影。

惊起却回头，有恨无人省[2]。拣尽寒枝不肯栖，寂寞沙洲冷。

◇注释

[1] 漏断：漏尽，指深夜。

[2] 省：懂得，理解。

◇译文

一勾弯月悬挂在稀疏的梧桐树上，已是夜深人静。幽居的人独自往来，好像天边孤鸿缥缈的身影。

受到惊吓，猛然回头，心中的孤寂无人能懂。挑尽寒枝找不到可以栖息之处，姑且忍受沙洲的寂寞与凄冷。

八声甘州·寄参寥子[1]

有情风万里卷潮来，无情送潮归。问钱塘江上，西兴浦口，几度斜晖？不用思量今古，俯仰昔人非。谁似东坡老，白首忘机[2]。

记取西湖西畔，正春山好处，空翠烟霏。算诗人相得，如我与君稀。约它年、东还海道，愿谢公、雅志[3]莫相违。西州路，不应回首，为我沾衣[4]。

◇注释

[1] 参寥子：僧人道潜，字参寥，苏轼好友。

[2] 忘机：忘却世俗的巧诈之心。李白《下终南山过斛斯山人宿置酒》：“我醉君复乐，陶然共忘机。”

[3] 谢公、雅志：东晋谢安早年居住在东山，毗邻东海，出仕后不改归隐之志。此处用典是表示希望和参寥一起归隐。

[4] 西州路，不应回首，为我沾衣：据《晋书·谢安传》记载：谢安在世时，对外甥羊昙很好。谢安病后返回南京，经过西州门时，知自己病将不愈。谢安死后，羊昙“辍乐弥年，行不由西州路”。有一次醉酒，过西州门，回忆往事，“悲感不已”，最后“恸哭而去”。苏轼用此典故是不希望参寥像羊昙一样，为自己不能归隐而流泪。

◇译文

有情之风从万里之外携卷着浪潮而来，无情时又将浪潮送回。请问钱塘江上、西兴渡口，我们一起看过几次夕阳？无须思考古今的变化，俯仰间已物是人非。谁像我一样老了，早已没有了世俗之心。

记住西湖西畔，有落日下春山的美景，空山滴翠，雾霭如烟。诗人中相处得宜，就像我和你的友谊，弥足珍贵。曾约定，像东晋谢安那样一起归隐，不要让这一志向成空。请不要在西州路上回首，像羊昙那样为我流泪。

采桑子·润州多景楼与孙巨源[1]相遇

润州甘露寺多景楼，天下之殊景也。甲寅仲冬，余同孙巨源、王正仲参会于此，有胡琴者姿色尤好。三公皆一时英秀，景之秀，妓之妙，真为希遇。饮阑，巨源请于余曰："残霞晚照，非奇才不尽。"余作此词。

多情多感仍多病，多景楼中。尊酒相逢，乐事回头一笑空。

停杯且听琵琶语，细捻轻拢。醉脸春融，斜照江天一抹红。

◇注释

[1] 孙巨源：名洙，字巨源。

◇译文

本为多愁善感之人，偏又相逢多景楼中。他乡重逢，举杯畅饮，当年的相知相惜，如今一笑，转头成空。

放下手中的酒杯，仔细倾听琵琶声中的情意，弹奏之人手法变幻多端，轻拢慢捻。微醺的脸上显出春天般的红晕，夕阳斜照，水天一色，一抹斜阳与晚霞相辉映。

定风波·莫听穿林打叶声

三月七日，沙湖道中遇雨。雨具先去，同行皆狼狈，余独不觉。已而遂晴，故作此词。

莫听穿林打叶声，何妨吟啸且徐行。竹杖芒鞋[1]轻胜马，谁怕？一蓑烟雨任平生。

料峭[2]春风吹酒醒，微冷，山头斜照却相迎。回首向来[3]萧瑟处，归去，也无风雨也无晴。

◇注释

[1] 芒鞋：草鞋。

[2] 料峭：形容微寒（多指春寒）。

[3] 向来：方才。

◇译文

不用在意滴落在林叶上的雨声，不如吟咏长啸，悠然前行。手持竹杖，脚穿草鞋，轻装便捷，胜过骑马，怕什么呢！一身蓑衣，任他风吹雨打，足以度平生。

带着几分寒意的春风吹醒了我的酒意，天气微冷，初晴的斜阳却透过山头殷勤相迎。回望方才遇到风雨的地方，我信步归去，管他风雨阴晴。

定风波·重阳括[1]杜牧之诗

与客携壶上翠微，江涵秋影雁初飞。尘世难逢开口笑，年少。菊花须插满头归。

酩酊但酬佳节了，云峤[2]。登临不用怨斜晖。古往今来谁不老，多少。牛山何必更沾衣。

◇注释

[1] 括：隐括，原指矫正竹木的工具，后指剪裁某一作品成为新作品。

[2] 峤：山尖而高。

◇译文

与友人携带酒壶登山，大雁刚刚飞过，江水倒映着秋的影子。人生在世难得遇到高兴的日子，看年轻人多么快乐。头上插满菊花，尽情玩乐后才回家。

为酬谢重阳佳节，开怀畅饮，酩酊大醉，登上高耸入云的山。登高远眺不用在意已是夕阳西下。古往今来，谁能长生不老，没有多少。不要像齐景公那样登临牛山触景而泣。

定风波·常羡人间琢玉郎

王定国[1]歌儿曰柔奴，姓宇文氏，眉目娟丽，善应对，家世住京师。定国南迁归，余问柔："广南风土，应是不好？"柔对曰："此心安处，便是吾乡。"因为缀词云。

常羡人间琢玉郎[2]，天应乞与[3]点酥娘[4]。尽道清歌传皓齿，风起，雪飞炎海变清凉。

万里归来颜愈少，微笑，笑时犹带岭梅香。试问岭南应不好，却道：此心安处是吾乡。

◇注释

[1] 王定国：名巩。苏轼因乌台诗案下狱，第二年被贬黄州，王定国也受牵连，被贬宾州。

[2] 琢玉郎：形容王定国长相英俊。玉郎是女子对丈夫或情人的爱称。

[3] 乞（qì）与：赐予。

[4] 点酥娘：指柔奴，形容其肌肤柔润如酥。

◇译文

常常羡慕那些英俊的男子，就连上天也垂怜他，赐予他美丽的佳人。女子明眸皓齿，歌声清妙，风起时，美妙的歌声像雪花飞过炎炎夏日带来阵阵凉爽。

虽从遥远的地方归来，但看起来愈发年轻，笑容不变，好像还带有岭南梅花的清香。我试着问她：“岭南的气候不是很好吧？”她却淡然说：“心安定的地方就是家乡。”

定风波·红梅

好睡慵开莫厌迟，自怜冰脸[1]不时宜。偶作小红桃杏色，闲雅，尚余孤瘦雪霜姿。

休把闲心随物态，何事，酒生微晕沁[2]瑶肌。诗老不知梅格在，吟咏，更看绿叶与青枝。

◇注释

[1] 冰脸：指白梅。

[2] 沁：渗入。

◇译文

不要抱怨贪睡的红梅花开太迟，它只是怜惜自己不合时宜。偶尔淡红如桃杏，娴静文雅，疏枝在霜雪中保持孤傲。

红梅本性高洁，并不追逐世态人情。为何“偶作小红”，那是美人不胜酒力，颊生红晕。石曼卿不懂梅花的品性，所作诗篇更看重绿叶和青枝。

洞仙歌·冰肌玉骨

仆七岁时，见眉州老尼，姓朱，忘其名，年九十岁。自言尝随其师入蜀主孟昶[1]宫中。一日大热，蜀主与花蕊夫人[2]夜起避暑摩诃池上，作一词，朱具能记之。今四十年，朱已死久矣，人无知此词者，但记其首两句。暇日寻味，岂《洞仙歌令》乎？乃为足之。

冰肌玉骨，自清凉无汗。水殿风来暗香满。绣帘开、一点明月窥人，人未寝，攲枕钗横鬓乱。

起来携素手，庭户无声，时见疏星渡河汉。试问夜如何？夜已三更，金波[3]淡，玉绳[4]低转。但屈指、西风几时来，又不道流年，暗中偷换。

◇注释

[1] 孟昶（chǎng）：五代十国时后蜀国君，公元934—965年在位，知音律，善填词。

[2] 花蕊夫人：孟昶的贵妃，姓徐，别号花蕊夫人。

[3] 金波：月光。

[4] 玉绳：星名，指北斗第五星北面的两颗星。

◇译文

肌肤如冰，身骨如玉，自然浑身清凉无汗。宫殿里，清风徐来，暗香弥漫。风吹开绣帘，一丝月光偷偷窥探着佳人，佳人还未入睡，斜倚枕上，钗横鬓发乱。

院子里寂静无声，牵着她的手来到院中看星河流转。夜已深，月光转淡，玉绳星已低转。屈指算，秋风几时来，不觉间岁月如梭，流年暗转。

洞仙歌·咏柳

江南腊尽[1]，早梅花开后，分付新春与垂柳。细腰枝、自有入格[2]风流。仍更是、骨体清英雅秀。

永丰坊那畔，尽日无人，谁见金丝弄晴昼？断肠是飞絮时，绿叶成阴，无个事、一成消瘦。又莫是东风逐君来，便吹散眉间、一点春皱。

◇注释

[1] 腊尽：年末，岁尽。

[2] 入格：有品格。

◇译文

江南岁末，早梅开后，将春意交给新春与垂柳。细腰肢自有风流格调，身躯也同样清雅出众。

永丰坊那边，整日无人，谁能看到柳枝在阳光下的妖娆姿态？枝叶繁茂，柳絮飘飞，便是断肠时。终日无事，日渐消瘦，东风的吹拂，可消眉间的忧愁，但微茫的希望又在哪里呢？

蝶恋花·春景

花褪[1]残红青杏小。燕子飞时，绿水人家绕。枝上柳绵吹又少。天涯何处无芳草。

墙里秋千墙外道。墙外行人，墙里佳人笑。笑渐不闻声渐悄。多情却被无情恼。

◇注释

[1] 褪：脱去，指花落。

◇译文

春将尽，花凋零，树上已长满青涩的小杏。燕子在空中飞过，清澈的河水流过蜿蜒的村落。风吹过，枝上柳絮越来越少，但无须难过，到处可见茂盛的芳草。

墙里佳人在秋千上发出动听的笑声，墙外行人却独自伤感。渐行渐远，笑声渐渐消失，行人怅然，原来是自作多情的烦恼。

蝶恋花·密州上元

灯火钱塘三五夜[1]。明月如霜，照见人如画。帐底吹笙香吐麝，更无一点尘随马。

寂寞山城人老也。击鼓吹箫，乍入农桑社。火冷灯稀霜露下，昏昏雪意云垂[2]野。

◇注释

[1] 三五夜：十五日夜，这里指元宵节。

[2] 垂：靠近。

◇译文

杭州的元宵夜，灯火阑珊，如银的月光下美人如画。帏帐内笙乐婉转，香炉内烟气袅袅，街道上没有一点尘土。

在寂寞的密州，人渐渐老了。击鼓吹箫的人们沿街前行，最后到了农桑社。夜里的霜露使灯火更加冷清，阴云密布的天空笼罩着大地，看来要下雪了。

蝶恋花·京口[1]得乡书

雨后春容清更丽，只有离人，幽恨终难洗。北固山前三面水，碧琼梳拥青螺髻。

一纸乡书来万里，问我何年，真个成归计。回首送春拚一醉[2]，东风吹破千行泪。

◇注释

[1] 京口：指镇江，孙权曾在此建首府，称京城，迁至建邺后，此地改称京口。

[2] 拚（pàn）一醉：只求一醉。

◇译文

雨后，春天的容颜更加清丽，而远离家乡的人，脸上的忧愁却难洗去。北固山三面环水，碧绿的江水像梳子，簇拥着如美人发髻的青翠的山峰。

一封来自万里之外的家书，问我何时才能回去。蓦然回首，拼命喝酒，送春归去，多情的东风替我擦去思乡的泪水。

蝶恋花·暮春别李公择[1]

簌簌无风花自堕。寂寞园林，柳老[2]樱桃过。落日有情还照坐，山青一点横云破。

路尽河回人转舵。系缆渔村，月暗孤灯火。凭仗飞魂招楚些[3]，我思君处君思我。

◇注释

[1] 李公择：即李常。

[2] 柳老：暮春之柳。

[3] 凭仗飞魂招楚些（suò）：即“凭仗楚些招飞魂”之意。楚些，指《楚辞·招魂》。

◇译文

簌簌落花，悠然飘下。寂寞的园林里，柳絮飞尽，樱桃花期过。落日不忍离去，照耀着相对而坐的人，高耸的青山好像要穿破天空的暮云。

送别的人已送到路尽头，离去的人在舟中已转舵。今夜停舟宿于渔村，唯有暗月孤灯相伴。我要像《招魂》那样召唤离去的好友，我思念你的时候你也在思念我吧。

蝶恋花·蝶懒莺慵春过半

蝶懒莺慵春过半，花落狂风，小院残红满。午醉未醒红日晚，黄昏帘幕无人卷。

云鬓鬅松[1]眉黛浅，总是愁媒[2]，欲诉谁消遣。未信此情难系绊，杨花犹有东风管。

◇注释

[1] 鬅松：即“蓬松”。

[2] 愁媒：引起愁情的东西。媒，媒介。

◇译文

春已过半，蝴蝶懒飞，黄莺倦怠。风狂花落，遍地残红。午醉未醒，红日西斜已黄昏，帘幕低垂无人卷。

暮春时节，处处生愁，云鬓蓬松懒梳妆，神情倦怠懒画眉，有谁愿意听我倾诉？不信此情无处寄托，杨花尚有春风照管。

蝶恋花·春事阑珊芳草歇

春事阑珊芳草歇，客里风光，又过清明节。小院黄昏人忆别，落红处处闻啼鴂[1]。

咫尺江山分楚越，目断魂销，应是音尘绝。梦破五更心欲折[2]，角声吹落梅花月。

◇注释

[1] 闻啼鴂：杜鹃，三月始鸣，夏末而止。即此鸟鸣时已是暮春。

[2] 心欲折：形容非常伤心。

◇译文

春天本是美好的季节，但好景易逝，客居他乡，又是一年清明节。黄昏时，坐在院中思念远在家乡的亲人，落红遍地，处处可以听到杜鹃啼叫。

家乡与此地只隔咫尺，却也楚越界线清晰，举目远望，黯然神伤，应是音信全无。五更梦醒，伤心欲绝，刺耳的角声，让如梅花般惨白的月亮也躲起来了。

蝶恋花·记得画屏初会遇

记得画屏初会遇，好梦惊回，望断高唐[1]路。燕子双飞来又去，纱窗几度春光暮。

那日绣帘相见处，低眼佯行，笑整香云缕。敛尽春山羞不语，人前深意难轻诉。

◇注释

[1] 高唐：战国时楚国台馆名。宋玉在《高唐赋》中载有楚王游高唐之观，梦见巫山神女之事。这一典故后来用于形容男女间的恋情。

◇译文

还记得当初画屏前的初次相遇，惊醒好梦，缠绵悱恻，难忘高唐路。燕子双双对对，飞来飞去，几度春光已逝。

那日，在绣帘处相见，假装不在意，低头走过，却笑着整理如云的鬓发。敛起眉头不语，不是无情，是已羞红了脸，因为深情难以在人前倾诉。

归朝欢·和苏坚伯固

我梦扁舟浮震泽[1]，雪浪摇空千顷白。觉来满眼是庐山，倚天无数开青壁。此生长接淅，与君同是江南客。梦中游、觉来清赏，同作飞梭掷。

明日西风还挂席[2]，唱我新词泪沾臆。灵均[3]去后楚山空，澧阳兰芷无颜色。君才如梦得，武陵更在西南极。《竹枝词》、莫傜[4]新唱，谁谓古今隔。

◇注释

[1] 震泽：太湖。

[2] 挂席：即挂帆，指扬帆远航。

[3] 灵均：屈原的字。

[4] 莫傜：少数民族名称。

◇译文

梦中与你乘一叶扁舟在太湖游览，浪花似雪，一望无际。醒来满眼还是庐山的无数山峰，峰峦叠翠，高耸入云。今生总是四处奔波，你我同为江南的过客。梦中所见湖山佳景，不过是转瞬即逝。

你扬帆西去，唱着我写的新词不觉泪湿衣襟。屈原去后楚地再无人才，澧阳的香草也因屈原的逝去而枯萎。你有刘禹锡的才华，他所贬居的武陵还在你要去的澧阳的西南偏远处。希望你到澧阳可以创作出媲美刘禹锡的《竹枝词》的“莫傜新唱”，这样谁能说古今有隔呢？

浣溪沙·麻叶层层苘叶光

麻叶层层苘[1]叶光，谁家煮茧[2]一村香。隔篱娇语络丝娘[3]。

垂白杖藜抬醉眼，捋[4]青捣麨[5]软饥肠。问言豆叶几时黄。

◇注释

[1] 苘（qǐng）：也叫青麻，茎皮的纤维可做绳子。

[2] 煮茧：缫丝。

[3] 络丝娘：也称莎鸡、纺织娘，这里指缫丝的姑娘。

[4] 捋（luō）：用手轻轻摘取。

[5] 麨（chǎo）：一种干粮。

◇译文

层层麻叶泛着绿油油的光泽，村里溢满煮蚕的清香。篱笆边传来缫丝姑娘欢快的笑声。

须发花白的老人拄着手杖，抬起迷离似醉的双眼，捋下新麦捣碎做成充饥的干粮。我关切地询问老人，豆子几时能成熟。

浣溪沙·簌簌衣巾落枣花

簌簌[1]衣巾落枣花，村南村北响缫车[2]，牛衣[3]古柳卖黄瓜。

酒困路长惟欲睡，日高人渴漫思茶，敲门试问野人家。

◇注释

[1] 簌簌：形容风吹叶子的声音，这里指花落的声音。

[2] 缫（sāo）车：缫丝车，抽丝的工具。缫，把蚕茧浸在热水里，抽出蚕丝。

[3] 牛衣：蓑衣之类，这里泛指用粗麻织成的衣服。

◇译文

枣花随风飘落在衣巾上，村南村北响起了缫车缫丝的声音。穿着麻布衣服的农人在古柳下叫卖黄瓜。

酒意袭来，长路漫漫，我昏昏欲睡。日头当空，口渴难耐，敲开一家院门，看能否讨一碗茶来解渴。

浣溪沙·软草平莎过雨新

软草平莎[1]过雨新，轻沙走马路无尘。何时收拾耦耕身？

日暖桑麻光似泼，风来蒿艾气如薰。使君元[2]是此中人。

◇注释

[1] 莎（suō）：莎草，多年生草本植物。

[2] 元：通“原”。

◇译文

柔软的青草和齐整的莎草经过雨的洗礼后，显得格外清新，骑马从沙路经过不会扬起灰尘。何时才能解甲归田？

春日下，阳光照在桑麻的叶子上，闪烁着光芒，一阵风过，带来蒿艾的香气，沁人心脾。虽为使君，但我本是农人。

浣溪沙·山下兰芽短浸溪

游蕲水清泉寺，寺临兰溪，溪水西流。

山下兰芽短浸溪。松间沙路净无泥。萧萧暮雨子规啼。

谁道人生无再少？门前流水尚能西。休将白发唱黄鸡[1]。

◇注释

[1] 唱黄鸡：黄鸡报晓，词中用来感叹时光的流逝。

◇译文

山下兰草的嫩芽浸润在溪水中，松林间的沙路洁净无泥，萧萧暮雨中子规声声啼。

谁言人生再无少年时？门前溪水尚能向西流，千万不要在老年时感叹时光的飞逝。

浣溪沙·咏橘

菊暗荷枯一夜霜。新苞绿叶照林光。竹篱茅舍出青黄[1]。

香雾噀[2]人惊半破，清泉[3]流齿怯初尝。吴姬[4]三日手犹香。

◇注释

[1] 青黄：橘子成熟时的颜色，这里指橘子。

[2] 噀（xùn）：含在口中而喷出。

[3] 清泉：指橘子的汁水。

[4] 吴姬：指吴地的美女。

◇译文

一夜霜降，菊花凋残，荷叶枯萎。橘子已熟，与树上的绿叶相衬，在阳光下闪亮。挂满新橘的橘林掩映着农人的竹篱茅舍。

剥开橘皮，清香的汁液喷出，品尝新橘，汁水在齿间流淌。数日后，吴地美女手上的橘香依然还在。

浣溪沙·端午

轻汗微微透碧纨[1]。明朝端午浴芳兰。流香涨腻满晴川。

彩线轻缠红玉臂，小符斜挂绿云鬟。佳人相见一千年。

◇注释

[1] 纨：很细的丝织品。

◇译文

细汗微出，浸湿了碧色的衣服，明日端午要在芳香的椒兰汤中沐浴。梳妆后的香粉脂水流入河中，溢满河面。

彩线轻缠在美玉般的手臂上，小符斜挂在发髻上。希望相爱的人可以天长地久。

浣溪沙·缥缈危楼紫翠间

自杭移密守，席上别杨元素[1]，时重阳前一日。

缥缈危楼紫翠间，良辰乐事古难全。感时怀旧独凄然。

璧月琼枝空夜夜，菊花人貌自年年。不知来岁与谁看[2]？

◇注释

[1] 杨元素：名绘，字元素。

[2] 看（kān）：欣赏。

◇译文

高楼耸立在缥缈的紫云翠峰间，古往今来，良辰乐事难以齐全。感叹时光流逝，追忆往事，不禁独自凄然。

长夜漫漫，空有璧月琼枝的美景，却无人共赏，花开岁岁相似，人已年年衰老。不知道明年又会与谁一同欣赏？

浣溪沙·旋抹红妆看使君

旋抹红妆看使君，三三五五棘篱门。相排踏破蒨[1]罗裙。

老幼扶携收麦社[2]，乌鸢翔舞赛神村。道逢醉叟卧黄昏。

◇注释

[1] 蒨：草名，根紫红色，可作染料。

[2] 收麦社：祭祀土地以祈求麦子丰收之所。

◇译文

村里姑娘匆忙打扮一番来看经过的使君，三三两两挤在棘篱门边。她们争相往外张望，有人甚至被踏破了裙子。

老人孩子相扶相携来到祭祀麦收的地方，祭品引来了乌鸦和老鹰在天空盘旋。黄昏时分，遇见一老翁醉卧在路旁。

浣溪沙·覆块青青麦未苏

十二月二日，雨后微雪，太守徐君猷携酒见过，座上作《浣溪沙》三首。明日酒醒，雪大作，又作二首。

覆块青青麦未苏[1]，江南云叶[2]暗随车。临皋[3]烟景世间无。

雨脚半收檐断线，雪床[4]初下瓦跳珠。归来冰颗乱黏须。

◇注释

[1] 苏：苏醒，这里指麦苗返青。

[2] 云叶：云朵。

[3] 临皋：临皋亭，在黄州南门外长江边。

[4] 雪床：当时的俗语，指雪珠。

◇译文

雪覆盖着的田地，麦苗还未返青，云朵般的树叶在车轮下飞舞。临皋亭白云缭绕，江水清碧，真是人间仙境。

雨渐小，屋檐的水滴断断续续，刚下的雪粒像珠子一样在瓦上跳动。回到房间胡须上已结冰。

浣溪沙·醉梦昏昏晓未苏

醉梦昏昏晓未苏，门前辘辘使君车，扶头[1]一盏怎生无？

废圃寒蔬排翠羽，小槽[2]春酒冻真珠，清香细细嚼梅须。

◇注释

[1] 扶头：酒名，因易醉而得名。

[2] 槽：古代制酒器的一部分，酒经此处流出。

◇译文

因醉酒睡梦中昏昏沉沉，早晨还未清醒，门前传来马车的声响，竟是好友携酒前来。怎能少了一杯酒，让我与友人一醉方休？

荒废的菜园里种了冬天可食的蔬菜，成排的蔬菜叶子青翠，酒器上滴下来的酒滴像珍珠一样晶莹，慢慢咀嚼梅花的花蕊，一股淡淡的清香袭来。

浣溪沙·雪里餐毡例姓苏

雪里餐毡例姓苏[1]，使君载酒为回车。天寒酒色转头无。

荐士已闻飞鹗表，报恩[2]应不用蛇珠。醉中还许揽桓须[3]。

◇注释

[1] 雪里餐毡例姓苏：苏武出使匈奴，被扣押，匈奴为逼其投降，断其饮食，苏武以毛毡和雪为食。苏轼用此典故，意在表明虽然生活清苦，但忠心不改。

[2] 报恩：汉高诱注《淮南子·览冥》，“隋侯见大蛇伤断，以药覆之，后蛇于江中衔大珠以报之，因曰隋侯之珠。”苏轼反用此典故，说明自己不需要用这样的方式感谢徐君猷。

[3] 醉中还许揽桓须：东晋名士谢安遭人陷害，被皇帝怀疑，桓伊在皇帝面前抚筝而歌，“为君既不易，为臣良独难。忠信事不显，乃有见疑患。”令在座的谢安感动不已，乃越席而就之，捋其须曰：“使君于此不凡！”苏轼用此典故，是表达对徐君猷的感激之情。

◇译文

我客居他乡，生活贫困，太守徐君猷却驾着马车，携带美酒前来。天气寒冷，脸上的醉颜转眼间就消失了。

推杯换盏间听闻已将我推荐给朝廷，这样的恩情我无以回报。作为主人，甚至没有佳肴招待友人，醉酒中也难掩愧颜。

浣溪沙·半夜银山上积苏

半夜银山上积苏[1]，朝来九陌带随车。涛江烟渚一时无。

空腹有诗衣有结[2]，湿薪如桂米如珠。冻吟谁伴捻髭须[3]。

◇注释

[1] 积苏：指丛生的野草。

[2] 空腹有诗衣有结：据《晋书·隐逸传》记载，董京披发而行，逍遥吟咏，“时乞于市，得残碎缯絮，结以自覆，全帛佳绵则不肯受。”苏轼用此典故，是为了表示自己虽然处境艰难，但吟诗不辍。

[3] 捻髭须：用唐卢延让《苦吟》“吟安一个字，捻断数茎须”之意，表示苦吟。

◇译文

夜里下起大雪，白雪覆盖了山上的野草，就像一座银山，清晨起来，看到路上雪随车轮翻飞，像一道白练。因天气寒冷，平日里江上云烟缭绕的景象不见了。

腹中有诗书，却没有食物，饥肠辘辘，衣衫成结，木材虽然潮湿了，也像桂木一样宝贵，米像珍珠一样珍贵。在这天寒地冻中，有谁能陪着我捻须苦吟？

浣溪沙·万顷风涛不记苏

万顷风涛不记苏[1]，雪晴江上麦千车，但令人饱我愁无。

翠袖[2]倚风萦柳絮，绛唇得酒烂樱珠，樽前呵手镊[3]霜须。

◇注释

[1] 苏：醒。

[2] 翠袖：指歌女。

[3] 镊：用镊子夹，词中指拔。

◇译文

昨夜风声如涛，不记得何时醒来。看到江上大雪飞舞，想到明年定是个丰收年，只要人们都能吃饱饭，我便没有什么忧愁了。

歌女倚风而立，雪花如飘飞的柳絮，酒入红唇，如樱桃般灿烂。我在酒杯前呵气暖手，不时拔掉白胡须。

浣溪沙·细雨斜风作小寒

元丰七年十二月二十四日，从泗州刘倩叔[1]游南山。

细雨斜风作小寒，淡烟疏柳媚晴滩。入淮清洛渐漫漫。

雪沫乳花浮午盏，蓼茸[2]蒿笋试春盘。人间有味是清欢。

◇注释

[1] 刘倩叔：指刘士彦。

[2] 蓼（liǎo）茸：蓼菜的嫩芽。

◇译文

斜风细雨，天气微寒，淡淡的云雾，稀疏的柳枝，增添了雨后初晴沙滩的妩媚。清澈的洛水汇入淮河，水势浩大。

煮上一杯浮着乳花似的茶沫的清茶，品尝着长出嫩芽的蓼菜和蒿笋。人间有滋味的生活还是清淡的欢愉。

浣溪沙·荷花

四面垂杨十里荷，问云何处最花多。画楼南畔夕阳过。

天气乍凉人寂寞，光阴须得酒消磨。且来花里听笙歌。

◇译文

四面垂柳围绕着十里荷塘，试问哪里荷花最多？画楼南畔，夕阳西下。

天气忽然变凉，人也变得寂寞，人生寂寥，还须借酒消磨。暂且躲进这荷花丛中听笙歌。

贺新郎·夏景

乳燕飞华屋，悄无人、桐阴转午，晚凉新浴。手弄生绡白团扇，扇手一时似玉。渐困倚、孤眠清熟。帘外谁来推绣户，枉教人、梦断瑶台曲。又却是，风敲竹。

石榴半吐红巾蹙[1]，待浮花浪蕊[2]都尽，伴君幽独。秾艳一枝细看取[3]，芳心千重似束。又恐被、西风惊绿。若待得君来向此，花前对酒不忍触。共粉泪，两簌簌。

◇注释

[1] 红巾蹙：形容石榴花半开时如红巾褶皱，出自白居易《题孤山寺山石榴花示诸僧众》："山榴花似结红巾，容艳新妍占断春。"

[2] 浮花浪蕊：石榴花近夏始发，其他花早开，故显轻浮。韩愈有《杏花》："浮花浪蕊镇长有，才开还落瘴雾中。"

[3] 取：语气助词。

◇译文

雏燕飞入华丽的房内，室内寂然无声，桐树的树影转过正午，晚凉乍起，美人新浴。手执白团扇，扇与手好似白玉柔润。倚在绣榻渐渐困倦，独自睡得香甜。谁在帘外推动我的门，白白惊醒了我的好梦。原来是风吹翠竹响。

半开的石榴花如同褶皱的红巾，待轻浮的花朵凋零殆尽，便来陪伴孤独的美人。细看枝头浓艳的石榴花，花瓣恰似美人心有千千结。担心花瓣被秋风吹落，只剩一树绿叶。如能等到你来这里，花前对饮，不忍触碰。只有落花与泪水，无声流淌。

好事近[1]·西湖夜归

湖上雨晴时，秋水半篙初没。朱槛俯窥寒鉴，照衰颜华发。

醉中吹堕白纶巾，溪风漾流月。独棹小舟归去，任烟波摇兀。

◇注释

[1] 好事近：词牌名，又名《钓船笛》。

◇译文

秋日雨后初晴，天清气爽，湖水荡漾，撑船的竹竿半没在水中。站在朱红色的船栏边看向湖面，湖中映出了我衰老的容颜，花白的头发。

酒醉后，风吹落我头上的白纶巾，映照在小溪里的月亮随波流荡。独自驾着小船离去，任由船儿在烟波浩渺的湖面上飘摇不定。

江城子·凤凰山下雨初晴

湖上与张先[1]同赋，时闻弹筝。

凤凰山下雨初晴，水风清，晚霞明。一朵芙蕖、开过尚盈盈。何处飞来双白鹭，如有意，慕娉婷。

忽闻江上弄哀筝，苦含情，遣谁听？烟敛云收、依约是湘灵[2]。欲待曲终寻问取，人不见，数峰青。

◇注释

[1] 张先：字子野，北宋词人，苏轼之友。

[2] 湘灵：传说中的湘水之神，娥皇、女英，这里指弹筝姑娘。

◇译文

雨后初晴，凤凰山下，清风徐徐，平静的水面映衬着晚霞的明丽。湖面上一朵荷花，虽已开过，仍不失轻盈与美丽。不知从哪里飞来一对白鹭，似在倾慕弹筝女子的美丽。

忽听江上传来哀伤的筝曲，饱含悲情，有谁能忍心去听？烟霞为之敛容，云彩为之收色，这是湘水女神在弹奏自己的哀思吧。想待曲终上前问候，不料一曲终了，人已飘然远去，只留下青翠的山峰与我独自怅然。

江城子·乙卯[1]正月二十日夜记梦

十年生死两茫茫，不思量[2]，自难忘。千里孤坟、无处话凄凉。纵使相逢应不识，尘满面，鬓如霜。

夜来幽梦忽还乡，小轩窗，正梳妆。相顾无言、惟有泪千行。料得年年肠断处，明月夜，短松冈。

◇注释

[1] 乙卯：干支纪年法，即北宋熙宁八年，公元 1075 年。

[2] 思量（liáng）：思念，想念。

◇译文

你我生死相隔，已有十年，我却无法忘怀，无法停止对你的思念。你的坟远在千里之外，无处对你倾诉我心中的凄凉。即使能够相逢，你应该也认不出我，我四处奔波，满面灰尘，鬓发如霜。

晚上在梦里回到了家乡，看见你在窗前对镜梳妆。相顾无言，只有泪流满面。明月照耀着长满小松树的坟地，那是令我年年思念，肝肠寸断的地方。

江城子·密州出猎

老夫聊发少年狂，左牵黄，右擎苍。锦帽貂裘、千骑卷平冈。为报倾城随太守，亲射虎，看孙郎[1]。

酒酣胸胆尚开张，鬓微霜，又何妨。持节云中、何日遣冯唐[2]？会挽雕弓如满月，西北望，射天狼[3]。

◇注释

[1] 孙郎：孙权。

[2] 冯唐：汉文帝刘桓时的大臣。

[3] 天狼：星名，也称犬星，词中暗指西夏。

◇译文

我虽已年老却不失少年的狂情与壮志，左手牵着猎犬，右臂托起苍鹰，戴着锦帽，身穿貂裘，带领部队席卷平坦的山岗。为报答全城的人跟随我出猎的盛情，我要像孙权一样，亲自射死猛虎。

酣畅饮酒，心胸开阔，胆气豪壮，两鬓斑白，又有何妨？皇帝何时会像汉文帝派遣冯唐去云中赦免魏尚一样信任我呢？我将会拉满雕弓，射向西夏的军队。

江城子·前瞻马耳九仙山

前瞻马耳九仙山，碧连天，晚云闲。城上高台、真个是超然[1]。莫使匆匆云雨散，今夜里，月婵娟。

小溪鸥鹭静联拳[2]，去翩翩，点轻烟。人事凄凉、回首便他年。莫忘使君歌笑处，垂柳下，矮槐前。

◇注释

[1] 超然：既指超然台，又指心境。

[2] 联拳：团缩貌。

◇译文

向前可以望见马耳、九仙两座山，青翠的山与天相连，晚云悠闲地飘荡在山间。登上高高的超然台，心境亦超然。不要让晚云匆匆散去，今夜月色美好。

鸥鹭静静地蜷缩在小溪边，不久又翩翩飞去，轻触水面留下点点轻烟。世事凄凉，回首已成过去。不要忘了我在密州唱歌欢笑的地方，就在垂柳下，矮槐前。

江城子·别徐州

天涯流落思无穷。既相逢，却匆匆。携手佳人，和泪折残红。为问东风余几许？春纵在，与谁同？

隋堤三月水溶溶[1]。背归鸿，去吴中。回首彭城[2]，清泗与淮通。欲寄相思千点泪，流不到，楚江东。

◇注释

[1] 溶溶：形容水宽广的样子。

[2] 彭城：指徐州。

◇译文

流落天涯，思绪无穷。既然相逢，却又匆匆离别。牵着佳人的手，折下凋零的花枝，含泪赠别。替我问一下春天还剩多少，即使春尚在，与谁同赏？

三月的隋堤，春水缓缓荡漾。鸿雁开始北归，我却要离开南下。回望故地，泗水迤逦，与淮水相汇。希望泗水可以捎来佳人思念我的点点泪珠，无奈却流不到我远在的地方。

减字木兰花·立春

春牛春杖[1]，无限春风来海上。便丐春工，染得桃红似肉红。

春幡春胜，一阵春风吹酒醒。不似天涯[2]，卷起杨花似雪花。

◇注释

[1] 春牛春杖：指“打春牛”活动中的泥牛和木杖。

[2] 天涯：指苏轼被贬之地海南岛。

◇译文

牵着春天的土牛，拉着春天的犁杖，泥塑的耕夫挥舞着手中的牛鞭，海上吹来无限的春风。乞求春天之神的帮助，把桃花染成肉红色。

立春的青旗在风中舞动，一阵春风，吹醒了我的酒意。杨花飞舞似漫天飞雪，这哪里是天涯海角啊！

减字木兰花·春月

春庭月午[1]，摇荡香醪[2]光欲舞。步转回廊，半落[3]梅花婉娩香。

轻云薄雾，总是少年行乐处。不似秋光，只与离人照断肠。

◇注释

[1] 月午：午夜。

[2] 醪（láo）：指未过滤的酒，也称浊酒。

[3] 半落：微微低垂。

◇译文

春夜的庭院，皓月当空，银色的月光在酒杯中闪烁，好似旋转的舞步。转过回廊，低垂的梅花散发出阵阵幽香。

云轻雾淡，良辰美景，最适合少年行乐。不像秋月，总是照着离别的人，徒增伤感。

减字木兰花·回风落景

五月二十四日，会于无咎[1]之随斋[2]。主人汲泉置大盆中，渍白芙蓉，坐客翛然[3]，无复有病暑意。

回风落景[4]，散乱东墙疏竹影。满坐清微，入袖寒泉不湿衣。

梦回酒醒，百尺飞澜鸣碧井。雪洒冰麾，散落佳人白玉肌。

◇注释

[1] 无咎：指晁补之，“苏门四学士”之一。

[2] 随斋：晁补之在扬州的寓所。

[3] 翛（xiāo）然：自在洒脱。

[4] 景：通“影”，日影。

◇译文

傍晚时分，空气中还飘荡着夏日的热风，稀疏的竹影散乱地映照在东墙上。

满座宾客慢慢感到一些清凉，寒意入袖，沁入肌肤。

醉后小睡，梦中惊醒，似乎听到深井里泉水的飞溅声。飘洒的水珠像雪花一样散落在佳人如玉的肌肤上。

临江仙·夜归临皋

夜饮东坡醒复醉，归来仿佛三更。家童鼻息已雷鸣。敲门都不应，倚杖听江声。

长恨此身非我有，何时忘却营营[1]。夜阑风静縠[2]纹平。小舟从此逝，江海寄余生。

◇注释

[1] 营营：周旋，忙碌，形容追逐名利。

[2] 縠（hú）：有皱纹的纱。

◇译文

今夜在东坡饮酒，醒来又醉，回到家已是半夜三更。家童已熟睡，鼾声如雷。叫门无人应，只好独自倚杖听江水滔滔之声。

常为身不由己而愤恨，何时才能不为功名利禄所累！趁着深夜风平浪静，不如驾起小船，泛舟江海寄托余生。

临江仙·送钱穆父[1]

一别都门三改火[2]，天涯踏尽红尘。依然一笑作春温。无波真古井，有节是秋筠[3]。

惆怅孤帆连夜发，送行淡月微云。樽前不用翠眉[4]颦。人生如逆旅，我亦是行人。

◇注释

[1] 钱穆父：名勰，又称钱四。

[2] 改火：原指四季以不同木材钻木取火，后来多指寒食禁火三日后重新起火。一改指一年。

[3] 秋筠：秋天的竹子。

[4] 翠眉：指女子的眉毛，词中指送别的歌妓。

◇译文

自从在京城分别，转眼已过三年，你奔走天涯辗转人间。依然可以笑出春天般的温暖。你心如古井之水没有任何波澜，高风亮节如同秋天之竹。

你连夜出发，扬帆远去，我心中无限惆怅，送别之时，天边微云淡月。陪酒的歌姬无须皱眉伤感。人生就像旅途中的过客，我亦是其中一员。

临江仙·惠州改前韵

九十日春[1]都过了，贪忙何处追游。三分春色一分愁。雨翻榆荚阵，风转柳花球[2]。

我与使君[3]皆白首，休夸年少风流。佳人斜倚合江楼[4]。水光都眼净，山色总眉愁。

◇注释

[1] 九十日春：指农历正月至三月。

[2] 柳花球：柳絮团成的球。

[3] 使君：指惠州知州詹范。

[4] 合江楼：苏轼刚到惠州时的居所。

◇译文

春天已经过去了，当时总是忙碌，如今何处去寻春。即使还剩三分春色，也有一分惆怅。雨滴敲打着榆荚，清风吹动着柳絮，沾染了尘土的柳絮，被风吹成一团，在地上翻滚。

你我都是白首之人，就不要再说年少时的风流之事。佳人斜靠着合江楼。尽管水光清澈，山色明净，仍不免让人感叹。

浪淘沙·探春

昨日出东城，拭探春情。墙头红杏暗如倾。槛[1]内群芳芽未吐，早已回春。

绮陌敛香尘，雪霁前村。东君[2]用意不辞辛。料想春光先到处，吹绽梅英。

◇注释

[1] 槛：栏杆。

[2] 东君：司春之神。

◇译文

昨日出城踏春郊游，墙头茂密的红杏似乎要倾泻而下。春天虽然已经回来，但栏杆内的花草还未长出花苞和嫩芽。

风景美丽的路上，有女子经过，落花伴着尘土飞扬，前面的村子，刚刚经过雨雪的洗礼。掌管春天之神东君不辞辛劳，想必春风先到之处，定会吹得梅花绽放。

满江红·寄鄂州朱使君寿昌[1]

江汉西来，高楼[2]下，蒲萄深碧。犹自带、岷峨雪浪，锦江春色。君是南山遗爱守，我为剑外思归客。对此间、风物岂无情，殷勤说。

《江表传》[3]，君休读。狂处士[4]，真堪惜。空洲对鹦鹉，苇花萧瑟。不独笑书生争底事，曹公黄祖俱飘忽。愿使君、还赋谪仙诗，追黄鹤。

◇注释

[1] 寿昌：指朱寿昌，字康叔，当时为鄂州知州。

[2] 高楼：指黄鹤楼。

[3]《江表传》：书名，已佚。

[4] 狂处士：指祢衡，字正平，汉末人。

◇译文

长江、汉江自西奔腾而来，黄鹤楼下，东流的江水深碧澄澈。江水带来了岷山、峨眉山上融化的雪水，带来了锦江的春色。你是政绩突出、留有美名的官员，我是漂泊在外、思念家乡的游子。对这里的风景怎会没有感情，我会殷勤地诉说。

你最好不要读《江表传》。祢衡虽有才，但太过狂傲，实在令人痛惜。如今名士不在，只能空对鹦鹉洲，芦花在风中萧瑟，一片凄凉。书生何必与这样的人相争，曹操、黄祖已成过眼云烟。希望你能作出像李白那样的诗，追上《黄鹤楼》那样的名作。

满江红·怀子由作

清颍东流，愁来送、征鸿去翮[1]。情乱处、青山白浪，万重千叠。孤负当年林下语[2]，对床夜雨听萧瑟。恨此生、长向别离中，凋华发。

一樽酒，黄河侧[3]。无限事，从头说。相看恍如昨，许多年月。衣上旧痕余苦泪，眉间喜气占黄色。便与君、池上觅残春，花如雪。

◇注释

[1] 翮（hé）：鸟翅长羽，指鸟。

[2] 林下语：指归隐的约定。

[3] 黄河侧：指颍州。

◇译文

清澈的颍水东流，满怀愁绪，送别远行的飞鸿。青山下白浪翻滚，我情思纷乱。辜负了当年与你一起归隐的约定，躺在床上听着外面的雨声，倍感萧瑟。遗憾这一生总是与你匆匆离别，离情别绪增添了许多白发。

在颍水河畔，饮一樽清酒。想起无限往事，一一从头道来。已分别多年，往事还恍如昨日。衣服上仿佛还有我的泪痕，眉间的喜色预示着快有你的喜讯。到那时，便与你看落花如雪，寻找暮春的残影。

满庭芳·三十三年

有王长官[1]者，弃官黄州三十三年，黄人谓之王先生。因送陈慥[2]来过余，因为赋此。

三十三年，今谁存者？算只君与长江。凛然苍桧，霜干苦难双。闻道司州古县，云溪上、竹坞松窗。江南岸，不因送子，宁肯过吾邦？

扨扨[3]，疏雨过，风林舞破，烟盖云幢。愿持此邀君，一饮空缸。居士先生老矣，真梦里、相对残釭。歌声断，行人未起，船鼓已逢逢[4]。

◇注释

[1] 王长官：名与事迹均不详。

[2] 陈慥（zào）：字季常，二十年前与苏轼相知。

[3] 扨扨（chuāng）：指风雨声。

[4] 逢逢（péng）：鼓声，词中指开船的信号。

◇译文

三十三年了，如今还有谁存在？看来只有您与长江长存。王先生风骨如苍桧一样凛然，承受了很多苦难。听闻司州古县，有先生居所，在云溪上，竹坞松窗。如若不是送陈慥到长江南岸，怎会到我这里？

风雨铿锵，雨后，风吹动树林，烟雾笼盖着房屋。愿举杯邀请先生，一饮而尽。我已老矣，真像是在梦里与你残灯相对，开怀畅饮。歌声中断，行人未起，但开船的鼓声已响起。

满庭芳·归去来兮

元丰七年四月一日，余将去黄移汝，留别雪堂[1]邻里二三君子，会李仲览[2]自江东来别，遂书以遗之。

归去来兮，吾归何处？万里家在岷峨。百年强半，来日苦无多。坐见黄州再闰，儿童尽楚语吴歌。山中友，鸡豚社酒，相劝老东坡。

云何，当此去，人生底事，来往如梭。待闲看秋风，洛水[3]清波。好在堂前细柳，应念我，莫剪柔柯[4]。仍传语、江南父老，时与晒渔蓑。

◇注释

[1] 雪堂：苏轼在黄州的居所之名。

[2] 仲览：苏轼之友李仲览，名翔，兴州人。

[3] 秋风、洛水：西晋时期的张翰曾在洛阳做官，见秋风起，想起故乡的菰菜、莼羹、鲈鱼脍，于是弃官而归。作者这里是想表示退隐还乡之志。

[4] 柔柯：指细柳。

◇译文

归去啊归去，我的归宿在何处？家在万里之外，人生已过半百，剩下的日子恐怕也不多。岁月蹉跎，在黄州已过了四年，孩子已经会说楚语，会唱吴歌。山中好友携酒相送，纷纷劝我留下，我心中亦是不舍。

面对友人的热情，我还能说什么呢，人生到底为什么这样辗转奔波。期盼能早日归隐，享受清闲。再见了，我在堂前亲手种下的细柳，请乡亲们心中念着我，不要剪掉它的枝条。再三对江南的父老乡亲叮嘱，经常把我的蓑衣拿出来晒一晒。

满庭芳·归去来兮

余谪居黄州五年，将赴临汝，作《满庭芳》一篇别黄人。既至南都，蒙恩放归阳羡。复作一篇。

归去来兮，清溪无底，上有千仞嵯峨。画楼东畔，天远夕阳多。老去君恩未报，空回首、弹铗悲歌[1]。船头转，长风万里，归马驻平坡。

无何[2]。何处有，银潢[3]尽处，天女停梭。问何事人间，久戏风波。顾谓同来稚子，应烂汝、腰下长柯。青衫破，群仙笑我，千缕挂烟蓑。

◇注释

[1] 弹铗悲歌：用战国冯谖典故。据《战国策·齐策》记载，冯谖为孟尝君门客，认为自己待遇不好，便倚柱弹其剑，歌曰："长铗归来乎，食无鱼""长铗归来乎，出无车""长铗归来乎，无以为家"。孟尝君满足了他的要求。作者用此典故是表示乞归常州。

[2] 无何："无何有之乡"的简称，指虚幻境界。出自《庄子·逍遥游》："何不树之于无何有之乡。"

[3] 银潢：指星空，银指银河，潢指天潢星。

◇译文

想要回到阳羡去，那里有清澈的深不见底的溪水，有巍峨的青山。画楼东边遥远的天空被夕阳照亮。我已老去，还未报答皇上的恩德。回首往事，不禁弹剑悲歌，希望皇上可以恩准我回到阳羡。得到恩准，调转船头，乘风破浪，快快归去。

空无所有的地方在哪里？我来到天空尽头，织女停下手中纺织的梭子。她问为什么不顾风高浪急，长久地游戏人间。转身问同行的童子，你腰间的斧柄，只怕早已腐烂。一群仙子笑我，穿的青衫像蓑衣一样破烂。

满庭芳·蜗角虚名

蜗角[1]虚名，蝇头微利，算来著甚干忙。事皆前定，谁弱又谁强。且趁闲身未老，须放我、些子疏狂。百年里，浑教是醉，三万六千场[2]。

思量，能几许，忧愁风雨，一半相妨。又何须，抵死说短论长。幸对清风皓月，苔茵[3]展、云幕高张。江南好，千钟美酒，一曲《满庭芳》。

◇注释

[1] 蜗角：该典故出自《庄子·则阳》：“有国于蜗之左角者，曰触氏，有国于蜗之右角者，曰蛮氏。时相与争地而战，伏尸数万，逐北，旬有五日而后反。”比喻微小，微不足道。

[2] 百年里，浑教是醉，三万六千场：化用李白《襄阳歌》：“百年三万六千日，一日须倾三百杯。”

[3] 苔茵：如褥的草地。

◇译文

微小的虚名浮利，有什么值得为之忙碌呢？名利得失皆有定数，失者未必弱，得者未必强。不若趁着闲身未老，放纵自我，逍遥快活。纵使只有百年的时光，也要大醉三万六千场。

想着能有多少时间一帆风顺，一生中有一半的日子是在忧愁中度过。又何必整日说长论短。不如闲对清风皓月，以草地为褥席，以白云为幕。江南的生活多么惬意啊，有千钟的美酒，有动听的曲子《满庭芳》。

木兰花令·次欧公西湖[1]韵

霜余已失长淮阔，空听潺潺清颍咽[2]。佳人犹唱醉翁词，四十三年如电抹。

草头秋露流珠滑，三五盈盈还二八。与余同是识翁人，唯有西湖波底月。

◇注释

[1] 西湖：指颍州之西湖。

[2] 咽（yè）：声音受阻而低沉。

◇译文

秋霜后，长淮之水失去了壮阔的气势，颍水潺潺，如咽如泣。佳人还在唱着醉翁之词，但四十三年的时光已匆匆过去，如闪电疾逝。

人生就像草上的露珠，晶莹却易逝。十五的月亮皎洁美好，十六就会开始缺损。同我一样认识醉翁者，还有几人？只有西湖波光中的明月。

念奴娇·赤壁怀古

大江东去，浪淘尽、千古风流人物。故垒西边，人道是、三国周郎[1]赤壁。乱石穿空，惊涛拍岸，卷起千堆雪。江山如画，一时多少豪杰。

遥想公瑾当年，小乔初嫁了[2]，雄姿英发。羽扇纶巾[3]，谈笑间、樯橹灰飞烟灭。故国神游，多情应笑我，早生华发。人生如梦，一尊还酹[4]江月。

◇注释

[1] 周郎：指周瑜，字公瑾。

[2] 了：读 liǎo。

[3] 纶（guān）巾：古代配有青丝带的头巾。

[4] 酹（lèi）：把酒浇在地上，表示祭奠。

◇译文

大江东去，浩浩荡荡，巨浪滔滔，淘尽千古英雄人物。旧时营垒西边，据说就是三国时周瑜赤壁大战的地方。乱石耸立，波涛拍打着江岸，激起浪花似雪。江山如画，一时间多少英雄豪杰涌现。

遥想当年的周公瑾意气风发，小乔刚嫁给他，他雄姿英发，豪气满怀。手摇羽扇，头戴纶巾，谈笑间，敌人的战船已被烧得灰飞烟灭。神游当年的战场，应笑我多愁善感，早生满头白发。人生如梦，用一杯酒祭奠江上的明月。

念奴娇·中秋

凭高眺远，见长空、万里云无留迹。桂魄[1]飞来，光射处，冷浸一天秋碧。玉宇琼楼，乘鸾来去，人在清凉国[2]。江山如画，望中烟树历历[3]。

我醉拍手狂歌，举杯邀月，对影成三客。起舞徘徊风露下，今夕不知何夕。便欲乘风，翻然归去，何用骑鹏翼？水晶宫里，一声吹断横笛。

◇注释

[1] 桂魄：指月亮。

[2] 清凉国：唐陆龟蒙有诗句“溪山自是清凉国”。

[3] 烟树历历：唐崔颢《黄鹤楼》中有诗句“晴川历历汉阳树”。

◇译文

登高远眺，万里无云。月光从空中洒下，给中秋的夜晚增添了些许清冷。仙人乘鸾来往于月宫中的琼楼玉宇，我甚是羡慕月宫中的清净。月色里，树影朦胧，江山如画。

我饮酒狂歌，举杯邀请明月和自己的影子一起对饮。我在月下起舞徘徊，不知今天是什么日子。我想要乘着清风飞向月宫，何必骑着大鹏？在水晶般的月宫里，吹响横笛，尽情欢歌。

南歌子·云鬓裁新绿

云鬓裁新绿，霞衣曳晓红。待歌凝立翠筵中。一朵彩云[1]何事、下巫峰。

趁拍鸾飞镜[2]，回身燕漾空。莫翻红袖过帘栊。怕被杨花勾引、嫁东风。

◇注释

[1] 彩云：指巫山神女，出自楚王梦会巫山神女的典故。词中用巫山神女来形容舞女的美丽。

[2] 鸾飞镜：史记有鸾鸟献王，三年不鸣。后悬镜于鸟前，鸾鸟见影悲鸣而绝。词中指的是美妙的歌声。

◇译文

梳理好如云的黑发，穿上及地的霞帔，艳丽的霞帔如同美丽的彩霞。一展歌喉前，静静地站立在翠绿的席子上，宛如下凡的美丽神女。

美妙的歌声伴着曼妙的舞姿，就像轻盈的燕子在空中飞舞。霞衣飞扬，不禁令人担心红袖会飞到窗外。怕她被杨花吸引，随春风而去。

南歌子·带酒冲山雨

带酒冲山雨，和衣睡晚晴。不知钟鼓报天明，梦里栩然蝴蝶[1]一身轻。

老去才都尽，归来计未成。求田问舍[2]笑豪英，自爱湖边沙路免泥行。

◇注释

[1] 梦里栩然蝴蝶：出自《庄子·齐物论》“庄周梦蝶”的典故，“昔者庄周梦为蝴蝶，栩栩然蝴蝶也……”词中表示酣睡的意思。

[2] 求田问舍：指经营家产，比喻没有远大志向。

◇译文

一身酒意，冒雨前行，归来后和衣而卧，酣然入睡。竟不知报晓的钟鼓已敲响，梦里变成了蝴蝶，一身轻松。

年老后，才华渐失，归隐的计划还未确定。置房买地的想法定会受到英雄豪杰的嘲笑，但我依然喜欢在湖边无泥的沙地上漫步。

南乡子·送述古[1]

回首乱山横，不见居人只见城。谁似临平山上塔，亭亭，迎客西来送客行。

归路晚风清，一枕初寒梦不成。今夜残灯斜照处，荧荧，秋雨晴时泪不晴。

◇注释

[1] 送述古：述古即陈襄，当时陈襄以杭州知州转任南都知州，苏轼为之送别。

◇译文

回头看，群山横卧，只见模糊的城，看不到城中人。谁能像临平山上的塔，高耸独立，迎来送往。

回去的路上，晚风清冷，枕上初寒，难以成眠。残灯斜照处，泪光闪烁，秋雨虽停，但泪不尽。

南乡子·寒雀满疏篱

梅花词，和杨元素。

寒雀满疏篱，争抱寒柯[1]看玉蕤[2]。忽见客来花下坐，惊飞，踏散芳英落酒卮[3]。

痛饮又能诗，坐客无毡醉不知。花谢酒阑春到也，离离[4]，一点微酸已著枝。

◇注释

[1] 柯：草木的枝茎。

[2] 玉蕤（ruí）：指白梅花。

[3] 酒卮（zhī）：酒杯。

[4] 离离：飘动的样子。

◇译文

疏落的篱笆上落满冬天的麻雀，它们争相飞到树上欣赏白玉般的梅花。

忽然一群酒客来到树下，惊飞一树麻雀，片片花瓣落入酒杯。

开怀畅饮，诗兴大发，醉后坐在雪地却浑然不觉。花落酒尽春天到来的时候，梅花枝头颤动，梅子将结。

南乡子·黄州临皋亭作

晚景落琼杯，照眼云山翠作堆。认得岷峨春雪浪，初来，万顷蒲萄涨渌醅[1]。

春雨暗阳台[2]，乱洒歌楼湿粉腮。一阵东风来卷地，吹回，落照江天一半开。

◇注释

[1] 渌（lù）醅：美酒。

[2] 阳台：相传在四川巫山。宋玉《高唐赋》：“妾在巫山之阳，高丘之岨，旦为朝云，暮为行雨。朝朝暮暮，阳台之下。”词中指歌女处所。

◇译文

傍晚的景色倒映在酒杯中，青山的苍翠染绿杯中的琼浆。岷山和峨眉山上的积雪融化成滔滔江水，碧绿的春水就像我杯中的美酒。

巫山春雨不约而来，打湿了歌楼中美人脸上的香粉。一阵东风忽然卷地而来，吹散了天边的云雨，斜阳染红了半边天。

南乡子·重九涵辉楼呈徐君猷[1]

霜降水痕收[2]，浅碧鳞鳞露远洲。酒力渐消风力软，飕飕，破帽[3]多情却恋头。

佳节若为酬，但把清樽断送秋。万事到头都是梦，休休，明日黄花蝶也愁。

◇注释

[1] 徐君猷（yóu）：名大受，当时任黄州知州。

[2] 水痕收：指水位下降。

[3] 破帽：据《晋书·孟嘉传》记载，桓温九月九日在龙山大宴群僚，孟嘉的帽子被风吹落而未察觉，“落帽”后来逐渐成为重阳登高的典故。

◇译文

深秋霜降时节，江中水位下降，露出了江心的沙洲。酒力慢慢消退，微风吹过，凉飕飕的。帽子虽破，却多情留恋，风吹过也不肯落下。

如何度过重阳佳节，不过是借酒消愁，消磨时光。到头来，万事成空不过一场梦而已，旧事不要再提，节后的菊花不比今日，就是蝴蝶也会伤感叹息。

南乡子·集句

怅望送春杯[1]，渐老逢春能几回[2]。花满楚城愁远别[3]，伤怀，何况清丝急管催[4]。

吟断望乡台[5]，万里归心独上来[6]。景物登临闲始见[7]，徘徊，一寸相思一寸灰[8]。

◇注释

[1] 怅望送春杯：取自杜牧《惜春》。

[2] 渐老逢春能几回：取自杜甫《漫兴九首》第四首。

[3] 花满楚城愁远别：取自许浑《竹林寺别友人》中的“花满谢城伤共别”，稍作改动。

[4] 何况清丝急管催：取自刘禹锡《洛中送韩七中丞之吴兴》五首中的第三首。

[5] 吟断望乡台：取自李商隐《晋昌晚归马上赠》。

[6] 万里归心独上来：选自许浑《冬日登越王台怀旧》。

[7] 景物登临闲始见：取自杜牧《八月十二日得替后移居霅溪馆，因题长句四韵》。

[8] 一寸相思一寸灰：取自李商隐的《无题》二首之二。

◇译文

惆怅地望着手中送春归去的酒杯，逐渐衰老的我还能再与春相逢几次。楚城繁花似锦，离别却让人伤感，何况宴会上还演奏着离别的管弦之音。

在望乡台上吟诵，即使远隔万里，依然归心似箭。一同饮酒的各位友人，谁能理解我登高远望之意，辗转徘徊，心中的相思之苦，无法排解。

菩萨蛮·回文[1]夏闺怨

柳庭风静人眠昼，昼眠人静风庭柳。香汗薄衫凉，凉衫薄汗香。

手红冰碗藕，藕碗冰红手。郎笑藕丝长，长丝藕笑郎。

◇注释

[1] 回文：诗词的一种形式，循环往复均能成诵。相传起源于前秦窦滔之妻苏蕙的《璇玑图》。

◇译文

院中风静柳垂，佳人小憩，安静休息之时，院中风起，吹动柳枝轻舞。微汗浸湿了薄衫，散发出一阵淡淡的清香。

佳人端起盛着冰藕的碗，碗冰红了佳人的手。郎笑碗中藕丝长，佳人却笑郎君情义不如藕丝长。

鹊桥仙·七夕送陈令举[1]

缑山仙子[2]，高情云渺，不学痴牛呆女[3]。凤箫声断月明中，举手谢、时人欲去。

客槎曾犯，银河波浪，尚带天风海雨。相逢一醉是前缘，风雨散、飘然何处。

◇注释

[1] 陈令举：名舜俞，字令举，自号白牛居士。

[2] 缑（gōu）山仙子：指在缑山成仙的王子乔。

[3] 痴牛呆女：指牛郎织女。

◇译文

缑山仙子王子乔性情高远，不像牛郎织女那般柔情万千。月光下，凤箫声止，挥一挥手，告别家人，飘然仙去。

听闻竹筏可从黄河直达天上的银河，一路上风雨相随。相逢是前生的缘分，何不醉一场？别后如风吹雨散，不知去向何方。

青玉案·和贺方回韵送伯固[1]归吴中

三年枕上吴中路，遣黄犬、随君去。若到松江呼小渡，莫惊鸳鹭，四桥尽是，老子经行处。

辋川图上看春暮，常记高人右丞[2]句。作个归期天已许，春衫犹是，小蛮[3]针线，曾湿西湖雨。

◇注释

[1] 伯固：名苏坚，字伯固，号后湖居士，与苏轼交往密切，唱和甚多。

[2] 右丞：指王维。

[3] 小蛮：白居易的家妓，这里指苏坚之姬。

◇译文

三年来，梦中常向故里吴中路，派只黄犬随你回到故乡。如果到了松江渡口，呼唤小船摆渡你过去，千万被惊吓了水边的鸥鹭，四桥地区，都是我当年常去的地方。

看《辋川图》如见吴中的暮春景色，常想起高人王右丞的诗句。定个回乡的归期老天应该会应允，春衫还是小蛮缝制，曾被西湖不舍的雨水淋湿。

阮郎归·初夏

绿槐高柳咽新蝉，薰风初入弦。碧纱窗下水沉[1]烟，棋声惊昼眠。

微雨过，小荷翻，榴花开欲然。玉盆[2]纤手弄清泉，琼珠碎却圆。

◇注释

[1] 水沉：木名，即沉香，也叫沉水香。

[2] 玉盆：指荷叶。

◇译文

窗外槐树和柳树的绿叶中传来阵阵蝉鸣，仿佛夏日香风吹进屋子拨动了琴弦。碧纱窗下，香炉升起缕缕沉香的轻烟，午间小憩，被落棋声惊醒。

微雨过后，清风吹动着荷叶，石榴花开得正艳。美人伸出玉手撩起清澈的泉水，水珠滴落在荷叶上，碎了又圆。

瑞鹧鸪·观潮

碧山影里小红旗，侬[1]是江南踏浪儿。拍手欲嘲山简醉[2]，齐声争唱浪婆[3]词。

西兴渡口帆初落，渔浦山头日未欹。侬欲送潮歌底曲？尊前还唱使君[4]诗。

◇注释

[1] 侬：我。

[2] 山简醉：山简嗜酒，喝醉后常倒戴头巾骑在马上，后遂以“山简醉酒”形容醉酒后的姿态。

[3] 浪婆：波浪之神。孟郊《送淡公》诗其三：“侬是拍浪儿，饮则拜浪婆。”

[4] 使君：指杭州太守陈襄。

◇译文

在如山的巨浪里挥舞着小红旗，我是江南踏浪的弄潮儿。拍手嘲笑我如同喝醉了的山简，岸边的观众齐声争唱拜浪婆的歌词。

西兴渡口竞赛的船帆刚刚落下，渔浦山头的太阳还未西斜。我在想，送潮到底该唱什么歌曲，对酒高歌，还是唱陈太守的诗吧。

如梦令·水垢何曾相受

元丰七年十二月十八日，浴泗州雍熙塔[1]下，戏作《如梦令》阕。此曲本唐庄宗[2]制，名《忆仙姿》，嫌其名不雅，故改为《如梦令》。盖庄宗作此词，卒章云：“如梦，如梦，和泪出门相送。”因取以为名云。

水垢[3]何曾相受，细看两俱无有。寄语揩背人，尽日劳君挥肘。轻手，轻手，居士本来无垢。

◇注释

[1] 雍熙塔：在泗州。清康熙初年，泗州沉陷于洪泽湖中，塔亦不复存在。

[2] 唐庄宗：五代时后唐开国君主李存勖，曾作《忆仙姿》词，有“和泪出门相送。如梦，如梦。残月落花烟重”之句。

[3] 水垢：出自《文殊师利问疾品》中的“布以七净华，浴此无垢人”之句。

◇译文

水和污垢何时共存过？细看这二者在我身上均没有。告诉擦背的人，今日有劳你挥动胳膊肘。希望你可以轻点，轻点，我身上本来也没有什么污垢。

如梦令·寄黄州杨使君[1]二首

其一

为向东坡传语，人在玉堂[2]深处。别后有谁来？雪压小桥无数。归去，归去，江上一犁春雨[3]。

◇注释

[1] 杨使君：即杨君素。

[2] 玉堂：指翰林院。

[3] 一犁春雨：形容雨量不大，适于春耕犁地。一犁，指雨湿土地的深度。

◇译文

代我向黄州的旧邻问好，就说我在宫中被事务牵绊，不能亲自问候。自从我离开以后，还有谁来过？大雪覆盖了小桥，已无路。归去，归去，徜徉在催促春耕的雨中。

其二

手种堂前桃李，无限绿阴青子。帘外百舌儿[1]，惊起五更春睡。居士，居士，莫忘小桥流水。

◇注释

[1] 百舌儿：鸟名，一种专门在春天鸣叫的鸟，因鸣声变化多端似百鸟齐鸣而得名。

◇译文

我在黄州居所雪堂前亲手栽种的桃树和李树，已经枝繁叶茂，青色的果实挂满了枝头。帘外有鸟儿鸣叫，把我从梦中惊醒。居士，居士，不要忘记黄州的小桥流水。

水龙吟·次韵章质夫[1]杨花词

似花还似非花，也无人惜从教[2]坠。抛家傍路，思量却是，无情有思[3]。萦损柔肠[4]，困酣娇眼，欲开还闭。梦随风万里，寻郎去处，又还被、莺呼起[5]。

不恨此花飞尽，恨西园、落红难缀。晓来雨过，遗踪何在？一池萍碎。春色三分，二分尘土，一分流水。细看来，不是杨花点点，是离人泪。

◇注释

[1] 章质夫：即章楶（jié），字质夫。

[2] 从教：任凭。

[3] 无情有思（sì）：反用韩愈《晚春》诗："杨花榆荚无才思，唯解漫天作雪飞。"指杨花看似无情，实际上有自己的愁情。

[4] 柔肠：用白居易《杨柳枝》诗："人言柳叶似愁眉，更有愁肠如柳枝。"以柳枝柔软喻柔肠。

[5] 梦随风万里，寻郎去处，又还被、莺呼起：化用唐金昌绪《春怨》诗："打起黄莺儿，莫教枝上啼。啼时惊妾梦，不得到辽西。"

◇译文

像花又好像不是花，任凭凋零落一地也无人怜惜。抛洒在家乡的路旁，仔细思量好像是无情，实际上却深情满满。因牵挂而受伤的柔肠，因困倦而迷离的娇眼，想睁开却又闭上。梦里随着风儿去追寻心上人的踪迹，却被黄莺的叫声惊醒。

不恨此花落尽，只怨西园落红难以再连缀。晨雨过后，落花踪迹何处寻？落入水中化作一池浮萍。如果春色有三分，两分飘落大地化作泥土，一分落入水中随水漂去。细看来，不是杨花，而是离人的相思泪。

水调歌头·明月几时有

丙辰中秋，欢饮达旦，大醉。作此篇，兼怀子由[1]。

明月几时有？把酒问青天。不知天上宫阙[2]，今夕是何年。我欲乘风归去，又恐琼楼玉宇，高处不胜寒。起舞弄清影，何似在人间。

转朱阁，低绮户，照无眠。不应有恨，何事长向别时圆！人有悲欢离合，月有阴晴圆缺，此事古难全。但愿人长久，千里共婵娟。

◇注释

[1] 子由：苏轼之弟苏辙的字。

[2] 宫阙（què）：指月中的宫殿。

◇译文

端起酒杯问苍天，月亮圆缺的规律是怎样的？不知道月中的宫殿今天是何年。我想乘清风回到天上，又担心忍受不住高处琼楼玉宇中的寒冷。月下起舞的清影，哪像是在人间。

月亮转过红色的阁楼，低低地挂在雕花的窗户上，照着不眠的人。月儿不应该对人们有什么怨恨吧，为什么总是在人们离别的时候才圆呢？人有悲欢离合，月有阴晴圆缺，这是自古以来难以周全的事情。只希望人们都能够安康，即使远在千里之外，也能共赏这美好的月光。

水调歌头·黄州快哉亭[1]赠张偓佺[2]

落日绣帘卷，亭下水连空。知君为我新作，窗户湿青红。长记平山堂[3]上，攲枕江南烟雨，杳杳没孤鸿。认得醉翁语，山色有无中。

一千顷，都镜净，倒碧峰。忽然浪起，掀舞一叶白头翁。堪笑兰台公子[4]，未解庄生天籁，刚道有雌雄。一点浩然气，千里快哉风。

◇注释

[1] 快哉亭：在黄州，张偓佺在江边筑亭，以观长江胜景，苏轼名之曰“快哉”。

[2] 张偓佺：即张梦得，张怀民，苏轼之友。

[3] 平山堂：在江苏扬州，欧阳修所建。

[4] 兰台公子：指宋玉，因曾随楚顷襄王同游兰台。

◇译文

落日时分卷起绣帘远望，亭下水天相连。你为了迎接我的到来，将窗户刷上了红色的新漆。让我记起在平山堂的时候，靠在枕头上看江南的烟雨，孤鸿隐没在渺渺天际。这才体会到欧阳修词中山色若隐若现的景致。

水面宽阔明净，倒映着青翠的山峰。忽然江面涌起波浪，一老翁驾着小舟在风浪中颠簸。像宋玉这样可笑的人，非说风有雌雄，他是不能理解庄子天籁之说的。一个人具有浩然正气，才能泰然自若，享受快意之风。

少年游·去年相送

润州作，代人寄远。

去年相送，余杭门外，飞雪似杨花。今年春尽，杨花似雪，犹不见还家。

对酒卷帘邀明月，风露透窗纱。恰似姮娥怜双燕，分明照、画梁斜。

◇**译文**

去年相送余杭门外，大雪纷纷扬扬如同漫天飞舞的柳絮。如今已是暮春，杨花似飞雪，还不见你回来。

卷起帘子，举起酒杯，邀请明月与我对饮，风露透过窗纱，趁机而入。明月垂怜那梁间的双燕，把它的柔情倾洒在画梁上的燕巢。

望江南·超然台[1]作

春未老，风细柳斜斜。试上超然台上看，半壕[2]春水一城花。烟雨暗千家。

寒食后，酒醒却咨嗟。休对故人思故国，且将新火试新茶[3]。诗酒趁年华。

◇注释

[1] 超然台：在密州。

[2] 壕：护城河。

[3] 新茶：指“雨前茶”，即清明节前采摘的茶。

◇译文

春天还未逝去，微风吹拂着柳枝轻舞。登上超然台远眺，护城河的水缓缓流淌，城内春花灿烂。远处各家房屋笼罩在烟雨之中。

寒食节后，酒醒之后忍不住叹息。不要在故人面前思念家乡，不如生火煮一壶新采的茶，趁着年华尚在作诗饮酒。

行香子·述怀

清夜无尘，月色如银。酒斟时、须满十分。浮名浮利，虚苦劳神。叹隙中驹，石中火，梦中身[1]。

虽抱文章，开口谁亲。且陶陶[2]、乐尽天真。几时归去，作个闲人。对一张琴，一壶酒，一溪云。

◇注释

[1] 隙中驹，石中火，梦中身：感叹人生短暂。隙中驹：出自《庄子·知北游》："人生天地之间，若白驹之过隙，忽然而已。"石中火：出自北齐刘昼《新论·惜时》："人之短生，犹如石火，炯然而过。"梦中身：出自《关尹子·四符》："知此身如梦中身。"

[2] 陶陶：形容快乐。

◇译文

夜色清新，月光皎洁。值此良夜，把酒对月，功名利禄皆如浮云，何必劳神费力。人生短暂如白驹过隙，如转瞬即逝的火花，如梦中的经历。

纵有满腹才华，却无人赏识。不如像那天真的孩子一样简单快乐。何时才能回去做个闲人，对溪弹琴，饮酒赏云。

行香子·过七里滩[1]

一叶舟轻，双桨鸿惊。水天清、影湛波平。鱼翻藻鉴[2]，鹭点烟汀[3]。过沙溪急，霜溪冷，月溪明。

重重似画，曲曲如屏。算当年、虚老严陵[4]。君臣一梦，今古虚名。但远山长，云山乱，晓山青。

◇注释

[1] 七里滩：又名七里濑，在今浙江省。

[2] 藻鉴：指水里长满水草，水面像镜子一样平。

[3] 汀（tīng）：水边平地。

[4] 严陵：严光，字子陵，东汉人，曾助刘秀打天下。后改名隐居，归隐富春江。

◇译文

乘一叶扁舟，划起双桨，如惊鸿般掠过水面。水天一色，清澈平静。水中鱼儿不时跃出如明镜般的水面，水边的绿洲，不时有白鹭轻轻降落又飞起。

舟过沙溪，早晨的沙溪因白霜而清冷，月夜下的沙溪平静明亮。

两岸与山相连，纵向看，重重叠叠似画，横向看，曲曲折折如屏风。笑当年严陵在此地白白终老，未曾领略山水佳处。君臣之间的故事也如梦一样消失，徒留空名。只有远处的群山连绵不断，白云在山间缭绕，晨曦下山峰青翠。

行香子·丹阳寄述古[1]

携手江村，梅雪飘裙。情何限、处处销魂。故人不见，旧曲重闻。向望湖楼[2]，孤山寺[3]，涌金门[4]。

寻常行处，题诗千首，绣罗衫与拂红尘[5]。别来相忆，知是何人？有湖中月，江边柳，陇头云。

◇注释

[1] 述古：指杭州知州陈襄，字述古。

[2] 望湖楼：又名看经楼，五代时吴越王钱氏所建。

[3] 孤山寺：又名广化寺、永福寺。

[4] 涌金门：宋时杭州的正西门，又名丰豫门。

[5] 拂红尘：宋吴处厚《青箱杂记》卷六：魏野尝从莱公游陕僧舍，各有题留。后复同游，见莱公之诗被人用碧纱笼护，而野诗独否，尘昏满壁。时有从行官妓颇慧黠，即以袂就拂之。魏野曰："若得常将红袖拂，也应胜似碧纱笼。"此处用典，以狂放的处士魏野自比，表示谦抑，以陈襄比寇准，表示尊崇。

◇译文

与好友一同出城春游，此时梅花似雪，飘落在游人的衣裙。旧地重游，不禁黯然神伤。故人未同游，又听到旧曲。想起去年同游望湖楼、孤山寺、涌金门。

游乐所到之处，常常题诗留念，如今这些诗上已落满灰尘，需用绣罗衫拂拭方能看清。离开之后还有谁会思念我？除了友人，还有西湖的明月，钱塘江边的垂柳，孤山的彩云。

行香子·与泗守[1]过南山晚归作

北望平川，野水荒湾，共寻春、飞步孱颜[2]。和风弄袖，香雾萦鬟。正酒酣时，人语笑，白云间。

飞鸿落照，相将归去，澹娟娟、玉宇清闲。何人无事，宴坐[3]空山。望长桥上，灯火乱，使君还。

◇注释

[1] 泗守：指泗州太守刘士彦，字倩叔。

[2] 孱颜：高峻的山岭。

[3] 宴坐：闲坐。

◇译文

遥望北方的平川，野水荒湾。与泗州太守刘士彦快步登上南山，共同寻找春天的踪迹。和风吹拂着衣袖，头顶云雾环绕。饮酒欢畅，笑语在白云间回响。

傍晚时分，大雁飞过夕阳斜照的天空，游人相继归去，这时天空澄清静美，让人沉醉。不知是谁这么悠闲地坐在山上。望着远处长桥上，太守归去的灯火闪烁。

行香子·秋兴

昨夜霜风，先入梧桐。浑无处、回避衰容。问公何事，不语书空[1]。但一回醉，一回病，一回慵。

朝来庭下，光阴如箭，似无言、有意伤侬。都将万事，付与千钟。任酒花白，眼花乱，烛花红。

◇注释

[1] 书空：用手指在空中虚写。

◇译文

昨夜霜降秋风起，梧桐叶，纷纷落。我无处回避自己衰老的容颜。秋风问我为何这样，我没有说话，用手在空中书写。人老了，总是时而沉醉，时而生病，时而慵懒。

早晨来到院子里，不禁感叹时光如梭，悄悄让人衰老。如今只能将万事付与酒中。任凭酒花白，眼花乱，烛花红。

西江月·世事一场大梦

世事一场大梦，人生几度秋凉。夜来风叶[1]已鸣廊，看取眉头鬓上。

酒贱[2]常愁客少，月明多被云妨[3]。中秋谁与共孤光，把盏凄然北望。

◇注释

[1] 风叶：指风吹树叶发出的声音。

[2] 贱：这里指质量不好。

[3] 妨：遮挡。

◇译文

世事宛如一场大梦，一生经历多少次新凉的秋天？晚上风吹动树叶，声音在回廊里鸣响。看着自己，眉头鬓角又增添了些许沧桑。

虽然没有好酒，但也希望有人同饮。虽然有明月，却总被云遮挡。中秋之夜，谁能与我共赏这美好的月光？我只能端着酒杯，凄然地望着北方。

西江月·照野浵浵浅浪

顷在黄州，春夜行蕲水中，过酒家饮酒，醉。乘月至一溪桥上，解鞍，曲肱醉卧少休。及觉已晓，乱山攒拥，流水锵然，疑非尘世也，书此语桥柱上。

照野浵浵[1]浅浪，横空隐隐层霄。障泥[2]未解玉骢骄。我欲醉眠芳草。

可惜一溪风月，莫教踏碎琼瑶。解鞍欹枕绿杨桥。杜宇一声春晓。

◇注释

[1] 浵浵：水波流动的样子。

[2] 障泥：马鞯，垫在马鞍下面，垂在马腹两侧，用以遮挡尘土。

◇译文

月光下，溪水满涨，水波流动，隐约可见野外云气弥漫。来不及从马上解下马鞯。醉眼蒙眬的我想在这芳草丛中睡上一觉。

千万不要让马儿踏碎水中的明月，破坏这一溪的风月美景。我解下马鞍当作枕头，斜倚在绿杨桥上酣然入睡。杜鹃啼叫，才发觉已是破晓。

西江月·梅花

玉骨[1]那愁瘴雾，冰姿自有仙风。海仙时遣探芳丛。倒挂绿毛么凤[2]。

素面常嫌粉涴[3]，洗妆不退唇红。高情已逐晓云空。不与梨花同梦[4]。

◇注释

[1] 玉骨：指梅花的枝干。

[2] 绿毛么凤：南方的一种小鸟，绿羽红喙，似鹦鹉。

[3] 涴（wò）：弄脏。

[4] 不与梨花同梦：苏轼自注，“诗人王昌龄，梦中作梅花诗。”

◇译文

梅花生长在岭南的湿热之地，却不惧瘴气的侵袭，自有仙风玉骨般的风姿。海仙时常派遣使者前来探望，这个使者就是倒挂在梅树上的绿毛么凤。

梅花素颜朝天，不屑用脂粉来装扮，梅花落尽，梅叶尚留残红。爱梅的情操已成空，不再像王昌龄那样做梦见梅花之梦了。

西江月·重阳栖霞楼作

点点楼头细雨，重重江外平湖。当年戏马[1]会东徐，今日凄凉南浦[2]。

莫恨黄花未吐，且教红粉相扶。酒阑不必看茱萸，俯仰人间今古。

◇注释

[1] 戏马：即戏马台，在徐州，项羽所建。

[2] 南浦：《楚辞·九歌·河伯》有“送美人兮南浦”，后来多用南浦指送别之处。

◇译文

栖霞楼外细雨潇潇，江上烟雾重重。想起当年在东徐戏马台相会戏马，而如今，只有我一人独在此处，实在凄凉。

不要抱怨菊花未开，不若与身边侍女相扶。酒兴阑珊，不必再看茱萸，古往今来，人生不过转瞬即逝。

西江月·平山堂

三过平山堂下，半生弹指声中。十年不见老仙翁[1]，壁上龙蛇飞动[2]。欲吊文章太守，仍歌杨柳春风。休言万事转头空，未转头时皆梦。

◇注释

[1] 老仙翁：指欧阳修。

[2] 龙蛇飞动：指欧阳修在平山堂壁所题之墨迹。

◇译文

第三次经过平山堂，感觉半生的时间在弹指间就过去了。十年没有见到恩师欧阳修了，平山堂的墙壁上还留有恩师龙飞凤舞的墨迹。

听闻歌女仍唱恩师之词，我欲凭吊逝者，写下这首词。不要说万事转头空，即使活着，也不过一场梦而已。

阳关曲[1]·中秋作

暮云收尽溢清寒，银汉无声转玉盘。

此生此夜不长好，明月明年何处看。

◇注释

[1] 阳关曲：词牌名。因唐王维《送元二使安西》诗“西出阳关无故人”句而得名。

◇译文

暮气收尽，天气更加寒凉，银河无声地流淌，月亮在天空缓缓移动。我这一生难得碰上像今夜这样美好的夜晚，明年的中秋，我又会在何处看这天上的明月呢。

虞美人·有美堂[1]赠述古

湖山信是东南美，一望弥千里。使君能得几回来？便使樽前醉倒、且徘徊。

沙河塘里灯初上，水调谁家唱？夜阑风静欲归时，唯有一江明月、碧琉璃。

◇注释

[1] 有美堂：杭州知州梅挚在西湖东南吴山最高处所建。

◇译文

湖山风光绵延千里，确是东南最美的风景。您这一去，何时才是归期？不如痛快地饮酒，醉倒便不能离去。

沙河塘里华灯初上，谁家在唱《水调》之歌？夜已深，风已停，欲归去，只有明月还在为我们守候，江水如碧。

虞美人·持杯摇劝天边月

持杯摇劝天边月，愿月圆无缺。持杯复更劝花枝，且愿花枝长在、莫离披[1]。

持杯月下花前醉，休问荣枯事。此欢能有几人知，对酒逢花不饮、待何时。

◇注释

[1] 莫离披：不要凋零。

◇译文

端着酒杯在美好的夜晚与月对酌，希望月圆无缺。又举杯与花枝对酌，愿花开常在，不要凋零。

在月下和花前醉饮，不必在意花开花落。这种洒脱的心情和乐趣有谁能理解？面对此情此景，不把酒起舞，更待何时？

渔家傲·临水纵横回晚鞚

临水纵横回晚鞚[1]。归来转觉情怀动。梅笛烟中闻几弄。秋阴重。西山雪淡云凝冻。

美酒一杯谁与共？尊前舞雪狂歌送。腰跨金鱼[2]旌旆[3]拥。将何用。只堪妆点浮生梦。

◇注释

[1] 鞚（kòng）：马笼头。

[2] 腰跨金鱼：在腰间佩戴金鱼袋。金鱼，又称鱼袋，在宋代用来表明官阶身份的一种配饰。

[3] 旌旆（jīng pèi）：古代旗帜名。

◇译文

在水边骑马纵横，日暮归家，回到家中心情难以平静。《梅花落》的笛曲宛转悠扬。深秋的天空暗沉。淡淡的雪花飘落在西山，空中的阴云似乎已冻住。

谁与我开怀畅饮，唯有歌舞伴我寂寞。腰间佩戴着金鱼袋，在旌旗仪仗的簇拥下出行。这些又有什么用呢？只不过是如梦般的人生中的一个装饰。

渔家傲·千古龙蟠并虎踞

金陵赏心亭送王胜之[1]龙图。王守金陵，视事一日，移南郡。

千古龙蟠并虎踞，从公一吊兴亡处。渺渺斜风吹细雨，芳草渡，江南父老留公住。

公驾飞车凌彩雾，红鸾骖[2]乘青鸾驭[3]。却讶此洲名白鹭。非吾侣，翩然欲下还飞去。

◇注释

[1] 王胜之：名益柔，字胜之，曾任龙图阁直学士。

[2] 骖：在车两侧驾驭，指陪乘者。

[3] 驭：指在车中驾驭。

◇译文

千古金陵，龙盘虎踞，陪你一起凭吊这历经沧桑的兴亡之地。雨潇潇，风渺渺，更添离愁别绪，芳草渡口，江南父老依依不舍地挽留你。

你驾着飞车在彩云间穿梭，鸾鸟为你陪乘。却惊讶这里的沙洲名为白鹭，这里并不是合适的栖居之地。于是翩然离开，朝着别处飞去。

渔父·渔父饮

渔父[1]饮，谁家去？鱼蟹一时[2]分付[3]。酒无多少醉为期，彼此不论钱数。

◇注释

[1] 渔父（fǔ）：打鱼的老翁。

[2] 一时：一并。

[3] 分付：交给。

◇译文

渔父想要喝酒，到哪一家去呢？鱼和螃蟹都交给了酒家换酒喝。饮酒不计多少，一醉方休，不必计算渔父的鱼蟹与酒家的酒各值多少。

渔父·渔父醉

渔父醉，蓑衣舞[1]。醉里却寻归路。轻舟短棹任横斜，醒后不知何处。

◇注释

[1] 蓑衣舞：指渔父穿着蓑衣的醉行之态。

◇译文

渔父已经醉了，披着蓑衣走路像跳舞一样歪歪扭扭。醉酒的渔父想寻找归去的路。短桨的小船无人撑，随它漂流，渔父酒醒后，不知道身在何处。

渔父·渔父醒

渔父醒，春江午。梦断落花飞絮。酒醒还醉醉还醒[1]，一笑人间今古。

◇注释

[1] 酒醒还醉醉还醒：表现了渔父的醉态。出自白居易《醉吟先生传》："吟罢自晒，揭瓮拨醅，又饮数杯，兀然而醉，既而醉复醒，醒复吟。吟复饮，饮复醉。醉吟相仍，若循环然。"

◇译文

渔父醒酒以后，已是中午时分。醒来身边落花飞絮。清醒以后还会喝醉，喝醉以后还会再次醒来，古往今来，人间的虚名浮利都可以付之一笑。

渔父·渔父笑

渔父笑，轻鸥举[1]。漠漠[2]一江风雨。江边骑马是官人，借我孤舟南渡。

◇注释

[1] 举：指飞翔。

[2] 漠漠：云烟密布的样子。

◇译文

渔父开怀笑，轻盈的鸥鸟在飞翔。江面上烟雨弥漫。江边道路上骑马奔波的是当官之人，现在想要借我的小船渡江。

永遇乐·明月如霜

徐州梦觉，北登燕子楼作[1]。

明月如霜，好风如水，清景无限。曲港跳鱼，圆荷泻露，寂寞无人见。纨如[2]三鼓，铿然一叶，黯黯梦云惊断。夜茫茫、重寻无处，觉来小园行遍。

天涯倦客，山中归路，望断故园心眼[3]。燕子楼空，佳人何在，空锁楼中燕。古今如梦，何曾梦觉[4]，但有旧欢新怨。异时对、黄楼夜景，为余浩叹。

◇注释

[1] 燕子楼：在今江苏徐州，唐时徐州尚书张愔为其爱妾盼盼所建小楼。

[2] 纨（dǎn）如：击鼓之声。

[3] 心眼：心愿。

[4] 梦觉（jué）：醒来。

◇译文

明月洁白如霜，好风如水，清新的景色令人心旷神怡。曲折的水渠中，鱼儿跃出水面；圆圆的荷叶上，露珠滚动，跌入水中，寂寞的美景无人欣赏。三更鼓声敲响了夜色的寂然，一片树叶轻轻飘落，惊醒了我的佳梦。夜色茫茫，看不到原来的景色，醒来遍寻小园，找不到梦中的佳境。

远在天边的游子，看着山中归路，思念着故乡的家园。燕子楼早已人去楼空，佳人不在，空留燕子在楼中。古今如梦，何时梦醒，有的只是难了的旧欢新怨。后世也会有人对着这黄楼夜景，为我感叹吧！

一丛花·初春病起

今年春浅[1]腊侵年[2]，冰雪破春妍。东风有信无人见，露微意、柳际花边。寒夜纵长，孤衾易暖，钟鼓渐清圆。

朝来初日半衔山，楼阁淡疏烟。游人便作寻芳计，小桃杏、应已争先。衰病少悰[3]，疏慵自放，唯爱日高眠。

◇注释

[1] 春浅：春天来得早。

[2] 腊侵年：因上年有闰月，下年的立春日会出现在上年的腊月中。

[3] 悰（cóng）：心情。

◇译文

今年的春天来得很早，天气尚寒，春光依然破冰雪而出。春风带来的信息无人注意，只在柳树、花朵露出些许春意。寒夜虽长，毕竟春已到来，被子已不那么冰冷，报时的钟声也渐渐清脆圆润。

早上初升的太阳被远处的山峰遮住了半边，阁楼笼罩在薄雾之中。人们开始准备踏青春游，桃花、杏花应该竞相开放了。因生病没有外出的心情，只想慵懒地躺着，睡到日上三竿。

鹧鸪天·林断山明竹隐墙

林断山明竹隐墙。乱蝉衰草小池塘。翻空白鸟时时见，照水红蕖[1]细细香。

村舍外，古城旁，杖藜徐步转斜阳。殷勤昨夜三更雨，又得浮生一日凉。

◇注释

[1] 红蕖：荷花。

◇译文

远处树林尽头，高山露出山峰，近处竹林葱葱，掩映着屋舍的一角。长满衰草的池塘边，蝉鸣声声。空中不时有白鸟飞过，池塘中红色的荷花散发出阵阵清香。

乡村外，古城旁，我拄着拐杖漫步，不觉已是黄昏。昨夜天公殷勤地降下了一场细雨，今天又可以享受一天的清凉。

昭君怨[1]·金山送柳子玉[2]

谁作桓伊[3]三弄，惊破绿窗幽梦。新月与愁烟，满江天。

欲去又还不去，明日落花飞絮。飞絮送行舟，水东流。

◇注释

[1] 昭君怨：词牌名，又名“宴西园”“一痕沙”。

[2] 柳子玉：名瑾，字子玉，北宋书法家。能诗，苏轼称其为“诗翁”。

[3] 桓伊：字叔夏，小字子野。东晋将领、名士、音乐家，善吹笛。

◇译文

不知哪位吹起悠扬的笛声，惊醒一窗幽梦。凭窗远眺，江水茫茫，一弯新月挂天穹。

明天就要离别，送别的人将久久不舍离去，杨花飞舞。飞絮追逐着远行的扁舟，一江春水，奔流不息。

醉落魄[1]·离京口作

轻云微月，二更酒醒船初发。孤城回望苍烟合。记得歌时，不记归时节。

巾偏扇坠藤床滑，觉来幽梦无人说。此生飘荡何时歇。家在西南，常作东南别。

◇注释

[1] 醉落魄：词牌名，即“一斛珠”。

◇译文

云淡月朦胧，二更酒醒，船刚出发。回首望京口，已隐没在蒙蒙雾气中。只记得欢歌畅饮，不记得离开时的场景。

醒来头巾偏斜，扇子坠落，人也几乎从藤床上滑落，梦中之事无人倾诉。今生何时才能停止这四处漂泊的日子？家在西南，常向东南别。

醉落魄・席上呈杨元素

分携[1]如昨，人生到处萍漂泊。偶然相聚还离索，多病多愁，须信从来错。

尊前一笑休辞却，天涯同是伤沦落。故山犹负平生约。西望峨眉，长羡归飞鹤。

◇注释

[1] 分携：分别。

◇译文

上次离别时的场景还历历在目，就像昨天一样。人生就像浮萍，四处漂泊。即使偶尔相聚，还是要分开。多愁多病的身体，在期盼朋友来信的等待中更加消瘦。

欢快饮下，不要推辞这杯离别的酒，你我同为漂泊天涯之人。虽然辜负了归隐家乡的约定，却总是遥望故乡的峨眉山，期待归隐。